我和阿嘉特

Agathe

Anne Cathrine Bomann
安・凱瑟琳・鮑曼——著　聞若婷——譯

目次

數學

七十二歲退休，代表還要工作五個月，總共二十二週。如果所有患者都赴約，代表我還有整整八百次診療要進行。若有人取消或生病，這個數字當然就會變少。儘管面臨種種狀況，這一點仍然帶給我某種程度的安慰。

窗板

當我坐在客廳往窗外望時，有事情發生了。春天的太陽被切割成四個搖搖晃晃的方塊投射在地毯上，緩慢但確切地朝我的腳移動。我身旁放著尚未拆封的初版沙特《嘔吐》，多年來我一直想要開始讀它。她的腿細瘦蒼白，我很訝異她今年這麼早就獲准只穿單薄的洋裝出門。她在馬路上畫了跳房子的格線，正十分專注地跳來跳去，先是單腳跳，然後雙腳，再換回單腳。她的頭髮被綁成兩條馬尾，年齡大約七歲，和她母親還有姊姊住在馬路那一頭的四號。

你或許以為我是某種明達的學者，整天坐在窗邊，思索比跳房子以及在地上遊移的陽光更偉大的事物。你錯了。事實上我坐在那只是因為我沒有更好的事可做。或許也是因為，當那女孩三不五時完成特別困難的一連串跳躍動作，勝利的歡呼聲飄到我耳裡時，會令我感到一股振奮。

在某個時刻我走開去泡茶，再回到原位時，她已經不見了。她大概想到別的地方有更好玩的遊戲可玩吧，我心想，粉筆和石頭都仍留在街道中央。

***

事情就是這時候發生的。我才剛將杯子放在窗台上放涼，並且把小毯子鋪在膝蓋上，視野邊緣就注意到有什麼東西掉了下來。一聲淒厲的尖叫傳進我的耳朵，我誘哄僵硬的身體重新站起，走到窗邊去。她躺在一棵樹下，樹的位置在我右邊一點的馬路旁，馬路在那裡會彎向湖泊。我看到有隻貓在一根樹枝上甩著尾巴。樹下，女孩撐著身體坐起來，背抵著樹幹，手握著腳踝啜泣。

我把頭往後縮。我該去找她嗎？我上一次跟小孩子說話時，我自己都還是小孩子，而那應該不算數。如果有個陌生男人突然冒出來試著安慰她，難道不會讓她更沮喪嗎？我偷偷再往外看一眼。她仍然坐在草地上，沾滿淚水的臉望向馬路這一頭，越過我的房子。

大概最好別讓任何人看到我。那不是那個醫生嗎？為什麼他只是呆站著看？他們會交頭接耳。所以我端著茶杯進到廚房，在桌子邊安頓下來。雖然我告訴自己那女孩很快就會爬起來，一拐一拐地回家，一切都會沒事，我還是像避難似的躲在自己的廚房等了好幾個鐘頭。

茶變涼變混濁，黑暗降臨，我才終於偷偷摸摸地回到客廳，半掩在窗簾後頭，瞇眼朝馬路望去。到了這時候，她當然已經不在了。

痕跡

打從我僱用蘇維吉太太以來，她每天早上都用同樣的方式跟我打招呼。日復一日，她像寶座上的女王一樣坐在巨大的桃花心木櫃檯後。我走進門時，她會起身接過我的手杖和大衣，而我則把帽子放在大衣架上方的架子上，接著，她會唸一遍今天的行程表，最後遞給我一疊資料夾，平常它們都一絲不苟地歸檔在櫃檯後方，一個由書架組成的大型檔案系統中。我們會再多交談幾句話，然後按照慣例，我要到中午十二點四十五分才會再見到她，那時我會離開辦公室，去附近一間二流餐館吃午餐。

我回來時，她總是坐在我走之前看到她的位置。有時候我會好奇她到底有沒有吃午餐。我沒有聞到食物的氣味，也沒有在她櫃檯底下看過麵包屑。蘇維吉太太該不會根本不需要食物也能活吧？

這天早晨，她告訴我有個德國女人打過電話，希望晚點能親自來一趟預約看診。

「我跟杜蘭德醫師談過她的狀況了，她似乎在兩、三年前自殺未遂，之後因狂躁症而住進聖史提芬醫院。」

「不行，」我堅決地說，「我們不能接她的案子。她要花好幾年時間治療。」

「杜蘭德醫師也覺得她應該再住院，不過顯然她堅持要找你諮商，醫師。應該很容易給她找到個空檔？」

蘇維吉太太詢問地看著我，但我搖頭。

「不行，這行不通。麻煩妳指示她去別處尋求幫助吧。」

到我退休的時候，我將已執業近五十年，非常夠本了。我最不需要的就是新患者。

蘇維吉太太多打量我兩眼，接著繼續唸今天的行程，沒有對這個話題窮追猛打。

「謝謝，很好。」我說，接過那疊資料夾並走向我的辦公室。它的位置正好跟蘇維吉太太的地盤遙遙相對。後者指的是患者可以坐著，等待輪到他們的大型候診區，這樣在我工作的時候，我祕書敲打字機的咔咔聲或是她和患者的對話聲，都不會干擾到我。

我的第一位患者是位叫甘斯伯格太太的女人，極其乏味無趣，她剛剛抵達，正在翻蘇維吉太太偶爾會帶來的雜誌。我嘆了有點大的一口氣，提醒自己看完她以後，就只需要再進行七百五十三場諮商了。

＊＊＊

上午漫無目標地過去了，吃完午餐我回到辦公室，差點撞上一個蒼白如鬼的黑髮女子。她就站在一進門處，我為我的笨拙道歉。那女人瘦得驚人，尖尖的臉上有對大眼睛。

「沒關係，是我擋到路了。」她說，往室內多走了兩步。「我是來約診的。」

她說話帶有明確的口音，我意識到這勢必就是那個德國女人了。她把一張地圖抓在胸前，地圖上有聖史提芬醫院的院徽。

「恐怕那是不可能的。」我回答，但那女人很快地朝我跨出一步，認真地說：「我一定要約診才行。很抱歉我造成困擾了，不過我沒別的地方可去。拜託你，如果你能幫幫我⋯⋯」

我出於本能地向後退。她棕色的眼睛如發燒般晶亮，眼神無比熱切，感覺下一秒她就會抓住我的手臂。顯然要擺脫她得經過一番戰鬥，而我既沒有時間也沒有精力。我一邊朝蘇維吉太太比手勢，一邊試著擠出友善的笑容。

「請夫人跟我來，」我說，小步挪移，繞過那個女人，「我的祕書會更詳細地解釋狀況。」

這個女人會出現在這裡，都要怪蘇維吉太太，所以要她負責把她打發走也只是剛好而已。

我從女人身旁溜過去，她跟著我走向櫃檯，謝天謝地，我把她留在蘇維吉太太面前，並給了後者一個包含千言萬語的眼神。

我的祕書將左眉抬高了幾公釐。

「蘇維吉太太，麻煩妳行行好，接手處理吧？」我詢問道，然後僵硬地點頭告退，匆匆進入我安全的辦公室。

但那蒼白女人的樣貌並不肯讓我安寧。這天剩下的時間裡，感覺她的一縷香水持續縈繞在空氣中，每次我打開門就像灰塵一樣迴旋。

喧鬧

時間從我身上流過的方式，就像是水流過一張誰都懶得去換的生鏽濾網。這天我用最低限度的專注跟七個患者談話。在這沉悶陰雨的午後，我只剩一個患者就能回家了。

我陪阿麥達太太進入我的辦公室前，迅速瞥了一眼我的祕書。她非常安靜地坐在整潔的櫃檯前，盯著櫃檯的桌面。Anglepoise 牌桌燈把她石像般的影子投射到後方的牆面上。她看起來如此沮喪，一時間我考慮是不是該開口說些什麼。可是要說什麼呢？於是我把門從身後帶上，轉身面向我的患者。

阿麥達太太幾乎比我高一個頭，因此總是讓我印象深刻，她用焦躁的動作卸下累贅的雨傘和雨衣，重重地坐到沙發上。接著，她撫平她嘔吐物色的裙子，透過架在她那彎曲鼻樑末端的小巧眼鏡，責備似的看著我。

「醫師，我這一個星期過得糟透了。」她宣告，一邊在沙發上卡定位，「我讓自己太激動了。我可以向你保證，是我的神經問題，我也對伯納德說了一樣的話！伯納德——我說——你光是整天坐在那張椅子上就讓我很緊張！」

阿麥達太太總是很緊張。對她來說沒有狀況好的日子。治療對她似乎沒有任何幫助，然而她還是忠心耿耿地每週來兩次，數落我的不是。光是有更好的生活方式存在這個概念似乎都令她不快，老實說我很難理解她到底為什麼要來。通常我只是讓她暢所欲言，不過偶爾我也會插一句感想或大膽提出解讀，而她會全然當沒聽見。

「……然後她說我上星期欠她三法郎——三法郎，你聽聽，她還真好意思說！我真的被氣到了。我差點就在店裡頭發病了！不過後來我告訴她，我說……」

多年的訓練幫助我在正確的時機喃喃發聲，實際上卻沒在聽，如果我夠幸運的話，一直到她離開房間，我連一個字都不必聽進去。

低頭一看，我才發現我在挫敗中用鉛筆尖捅破了紙張，所以我開始畫我拿手的鳥漫畫。

「我的神經或許很敏感，但我可不會容忍厚臉皮，這我可以告訴你！」阿麥達太太幾乎是大聲咆哮起來。外頭的雨勢極為猛烈，隔著窗戶根本什麼也看不到，只看得到模糊的輪廓，不幸的是，打在窗板上的水滴似乎在鼓勵我的患者，讓她講話講得比平常更大聲。顯然我必須忍受些雞毛蒜皮的事了，我無奈地想，同時把焦點放在她頭頂一塊，那裡看起來頭髮疑似特別稀少。想到她或許快要禿頭，便讓我一陣竊喜，如果是的話，我會遠比她早知道。我立刻把這個細節加進我的畫裡。我想像某一天她偶然瞥見自己的背影，整個人僵立在鏡子和窗板之間，胖乎乎的手指扒抓著，把頭髮推到一邊，露出頭皮，然後尖叫：「伯納德！你為什麼都沒講，伯納德？」所以，這樣那樣，我人生中又一個小時過去了。阿麥達太太謝謝我為她諮商，我替她拉開門時，小心地把筆記本轉朝另一個方向，以免她看到我畫的禿頭鴕鳥。

還剩下六百八十八場諮商。在這當下，感覺比我能承受的多了六百八十八場。

成長痛

幾天後的早晨，蘇維吉太太在報告我的行程時，我不得不打斷她：「等一下，妳說什麼？那個德國女人還是約到診了？」

她垂下頭，很堅定地點了一下頭。

「對，我得說她非常有毅力。她很固執地要開始治療，而且她顯然聽說了一些關於你的好評，醫師。」

我哼了一聲——從什麼時候開始，這足以構成違抗我命令的理由了？

「我確實解釋了你只會再待六個月，她毫無異議地接受了，所以我想說拒絕她未免太愚蠢了。」

她說得對。既然德國女人只要有六個月就滿足，接下她的案子就沒什麼道德疑慮，我應該慶幸有這筆額外收入，然而我卻甩不開那股不悅，當我在努力清空檯面上雜物的時候也是。蘇維吉太太好大的膽子，竟敢違背我明確的心意，又往我的人生裡塞進一個人？

但是那個女人——名字好像叫阿嘉特．齊默曼——被安排在隔天下午三點的時段，看來我已不能再做什麼。

***

這天，最後一位患者一走出辦公室，我就出去找蘇維吉太太。她正在收拾隨身物品，她看著我的眼神像是在尋找什麼，然後她問我今天是不是很難熬，我聳聳肩，說跟過去許許多多個日子沒什麼不同。我還在生她的氣，不過還是等到她把東西都收拾好，並且穿上外套，這樣我才能替她把門撐住。

「謝謝。」她說，走到外頭幾乎難以覺察的細雨中。

我點點頭，鎖上我們身後的門。

「謝謝你。晚安。」

「晚安，先生。明天見。」

回家的路上，我的腿把我往兩個方向拉。我其中一條腿只想帶我回家，好讓我可以吃點麵包，安坐在我舒適的椅子上，把腳蹺在腳凳上，一邊聽巴哈，一邊等待夜晚降臨；另一條腿躁動不安，讓我聯想到小時候有過的成長痛。我的膝蓋痛到讓我哭出來，但我爸爸正在作畫，沒有抬頭看任何一眼，只說：「你只是在長大，會過去的。」

也許我的腿感覺到異國土地的召喚了。它從未到過比巴黎離家更遠的地方，更別說跨越任何國界了。而現在我老到它永遠不會發生，所以這疼痛永久不會消除。

不管怎麼說，設定路線的人是我，我指示我遲疑的步伐穿過傍晚的寒風，直到我來到荷塞特街九號的花園柵門前。我的幾個鄰居鋪了花圃，花了好幾個小時在除雜草和播種，於是整條街瀰漫著翻新過的泥土味。與此同時，我照料著頑強的苔蘚島嶼，它們在海洋般的草坪中像水波一樣成長。

***

吃飽以後，小提琴的輕柔弓法像棉花鋪墊一般，延伸到我周圍的空間，這時我突然被一串變得愈來愈擾人的思緒給偷襲成功。雖然我認得它、雖然我知道它會讓我變得多麼可悲，我還是讓它侵襲了我。某程度來說這是我要的，我想要一個人坐著，自憐自艾。為什麼——每次都是以同樣的方式起頭的——沒有人告訴你身體變老的時候會發生什麼事？關節痠痛、皮膚鬆垮，變成隱形人？當苦澀的情緒竄過我心，我心想：變老主要就是眼看著你的自我，和身體之間的差異愈來愈大，直到最後你醒來，發現自己成了徹底的陌生人。這哪有什麼美好或自然可言？

當唱片播完，寂靜留我一個人孤單地在客廳。最後一擊襲來，我無處可逃。我必須住在這座背信棄義的灰色監獄裡，直到它殺死我。

聖史提芬醫院

蒙彼里埃，一九三五年六月二十一日

關於：阿嘉特．齊默曼

自從今天早上入院以來，患者幾乎不願溝通，下列大部分取自她的舊醫療紀錄。

病史：

二十五歲德國女性，一九二九年為了求學移民至法國。十五歲即有自殘行為和自殺傾向，青少年時期定期向當地的韋恩里奇醫師求診。

患者來自富裕的家庭，有父親、母親和小兩歲的妹妹。沒有心理方面的家族病史，除了一位姑姑。她成年後大部分日子都是在維也納一座瘋人院度過的。父親是盲人，但有自己的生意；母親是家庭主婦。

目前情況：

患者今天因為找醫師抱怨深度憂鬱和自殺的念頭，最後被判定需要住院。不過其仍然反抗入院，表現出來的是歇斯底里與激動。使用了束縛物。患者很蒼白，營養不良，臉上有刮傷，也掉了幾撮頭髮。基本上處於無法溝通的狀態，但獨處時會大叫和哭泣。

過敏物質：

未知。

未來計畫：

必須考慮精神病（早發失智症）的可能，接下來幾天需觀察患者。必要時給予乙醚，以及每晚二十毫克的水合氯醛。

諮詢者：M・杜蘭德醫師

阿嘉特（一）

「嗯，又見面了。請進，齊默曼太太。」我握了握她過於冰冷的手。她穿了一條棕色裙子和看不出輪廓的黑色高領上衣，看起來對她細長的體型來說起碼大了好幾號。幾天前那種熱切的目光已然消失，在這當下，我很難看出她是怎麼戰勝杜蘭德醫師和蘇維吉太太的。或許我最終可以擺脫她。

「請坐到沙發上，夫人，讓自己舒適一點。」我指向綠色沙發，自己則坐進深背皮革扶手椅。這張棕色的座椅表面已被磨得很亮，某些位置幾乎都發黑了。

「謝謝你，但首先你得答應我，別再叫我齊默曼太太了。如果你能叫我阿嘉特，我會很感謝你。」

用教名稱呼已婚患者不是我的習慣，不過遷就她一下也無傷大雅。「如妳所願。」

她露出短暫的笑容，並瞥了一下房間四周。除了扶手椅和沙發之外，這裡還有一張書桌和椅子，跟兩座擺滿書的書架。那些書是我以前蒐集並滿懷熱忱讀過的。然後她小心翼翼地坐下，轉身，終於平躺下來。

「很好。其實一開始我打算重申我的建議，希望妳去別處尋求幫助。」我開口，「如妳所知，我再過不到六個月就要退休了，而老實說，我不太可能在這麼短的時間內治好妳。妳另外找一個能從頭到尾陪妳完成療程的人會比較好，或許是巴黎的醫生。」

阿嘉特騰地坐直身體，驚呼：「絕對不行！我不要進醫院或吃藥。我需要說話的對象，我已經決定那個人就是你。」她的下巴往前伸，直直盯著我的眼睛，好像在說如果我想擺脫她，就得揪著她的頭髮把她拖出去。我嘆口氣，點點頭。

「如果這真的是妳要的。」

「就是！」

「好極了，如果我覺得需要的話，療程結束後我會推薦一位同事。」她聳聳肩，好像這一點都不重要，又躺了回去。她用很快速的動作擦了下鼻子，接著就躺著不動了。

「既然如此，」我繼續說，「我建議我們每週見兩次面，星期二下午三點以及星期五下午四點，每次一小時。我的收費標準是每小時三十法郎。如果妳有事不克前來，歡迎妳取消，但是直到妳選擇不再回來的那天為止，每一小時的療程我都會開發票給妳。」

她點點頭。我再次注意到她的香水味，一團偶爾會掠過我鼻尖的香料味。奇怪，它到底讓我聯想到什麼？

「很好。妳應該能夠放心告訴我妳所有的感受。隱瞞和謊言只會延遲進度，而且我們談話的內容一個字都不會傳出這個房間。」

一如往常，我用一句話來總結我的小小獨白，這句話的用意是邀請患者加入對話：「現在，我想聽聽，妳因為什麼事而心煩。」

阿嘉特遲疑了一下，微微瞇起眼睛。

「我來這裡，」她用她明顯的口音說——或許正因為她一字一句都煞費苦心，每個音節才會清晰得像水晶一樣——「是因為我又失去了活著的欲望。我不抱著好轉的奢望，但我希望能維持正常生活。」

顯然我遇上了最罕見的事——有人並沒有要求奇蹟發生。我的患者絕大部分都想要快樂、無憂無慮的生活，但那不是我能供應的現貨。

「是什麼事阻礙妳正常生活呢？」我問。

阿嘉特開始告訴我她的症狀。她有頭痛和濕疹，她經常哭泣，而且會突如其來地暴怒；她要不睡得太多，要不就完全睡不著，她也不再勝任在市區為一名會計師擔任簿記員的工作。幾星期前她請了病假之後，每天大部分時間都在哭、對她丈夫朱利安大吼大叫，或是以胎兒的姿勢蜷縮在床上。我心不在焉地聽著她的抱怨，一邊努力思索她聞起來到底像什麼。

「有時候，」她做夢般地說，「我幻想把自己抓得血淋淋的，或是讓自己毀容，這樣就沒有人認得出我了。」

暴力的話語和她完全缺乏表情的臉孔兩者並陳的效果十分驚人。

「是嗎？」

「我有種衝動想塗掉我的臉。我不配擁有它。」

「妳希望有一張不同的臉嗎？」我問，但她搖頭。

「不，我只是必須被刪去。」

我在筆記本上做了個簡短的註記，再次嘆氣。跟我料想的一樣：她病得很嚴重，我根本不可能在剩下的幾個月裡幫上她的忙。我暗罵我那任性的祕書。因為她，我被迫接收了這個累贅的、有精神問題的頑固女人，她顯然深信我可以拯救她免於自我毀滅。

「我了解，」我說，「我會盡我所能地來幫妳，夫人。我們今天就到這裡吧，星期五下午四點再見。」

「謝謝你，醫師。」我們握手道別時，阿嘉特認真地說，「今天對我來說深具意義。」

聖史提芬醫院

蒙彼里埃，一九三五年八月二十日

關於：阿嘉特．齊默曼

患者於今天上午八點十二分用剃刀自殺被阻止。取得剃刀的方式不明。被護理師里奈太太發現前已割傷右手腕。用絲線縫了八針，十到十四天後拆線。

目前已把她束縛住，將維持這個狀態直到恢復冷靜。

自從六月二十一日入院以來，治療方式先是用乙醚，後來嘗試電痙攣治療。因此哭泣的情況減少，但在溝通時大量表現出漠然和模稜兩可的狀況，間或有歇斯底里的發作情形。未呈現出明顯的精神病症狀，觀察結果反而指向躁鬱症。

未來計畫：

繼續在夜間和發作時施予電痙攣治療和乙醚。患者不可外出或接見訪客。除了在受到監督的用餐時間以外，一律須使用束縛物。如果患者還是厭食，允許強迫灌食。

諮詢者：M．杜蘭德醫師

看不見的朋友

我的鄰居會彈鋼琴。不常彈，但總是同一首笨拙的曲調，好像他不是真的會彈，只是把這一首旋律背了下來。我不知道這是什麼曲子，不過我漸漸喜歡上它，偶爾我吃完飯在收拾，或是燒開水要泡茶時，會發現自己跟著哼唱。

在辦公室度過特別漫長而徒勞的一天後，我早早地就在椅子裡睡著了，牆壁另一邊那緩慢的叮咚聲彷彿搖籃曲。這種牆壁即使發揮分隔的作用，也能培養一種親近感。因為我們彼此認識，我和他。我們並排住了這麼多年，所有小小聲響都是我們可以不假思索依循的例行公事：現在是晚上不得不最後去一趟廁所的時候、現在是醒過來準備上教會的時候。他先是情緒高亢，然後變得悲傷而空洞。我幻想，從他在琴鍵上移動手指的方式，一直到每個生命跡象之間的空隙，我都能聽得出來。有一次，我一整個週末沒聽到他發出半點聲音，簡直把我給嚇壞了。我最害怕的當然是不久後我就得過去敲門，所以當我終於聽到一扇門關上的聲響，意識到他還活著時，真的大大鬆了口氣。

我很懷疑，如果我在街上遇到他，是否會認得他。我走路時多半沉浸在自己的思緒中，但即使我試著注意，也不知道我要搜尋什麼樣的目標。他是高是矮？還有頭髮嗎？我一點都不清楚，但他的節奏、他在人生中漫步的方式，我知道也認得。我感覺我跟他有著緊密的連結，雖然我不可能真正知曉，但我確信他也有同樣的感覺。每當我把馬克杯掉在廚房地磚上，或是在極少的情況下引吭高歌，我都會想到他。也許他就站在牆的另一側，歪著腦袋傾聽。也許有一天他會來敲門，告訴我我是誰。

唔，我是這麼想的。我不否認這聽起來很怪——我確實了解我給人的印象是個獨來獨往的人——但我從未想過他不只是我一個看不見的朋友。我們何必要在真實世界有任何共通點呢？我們扮演著被分配到的角色，在這有兩萬人口的城市裡剛好湊到一塊的兩個人，那兩萬人大部分對彼此來說都是陌生人。

我從來就不是會干擾已經開始的模式的那種人，雖然他的花園柵門和我的花園柵門之間，只相隔十二公尺，但那卻是我永遠不會去繞的遠路。

阿嘉特（二）

「感覺我像是在拖著那種行李箱走來走去。你知道嗎？就是女孩們用來放她們玩具的小行李箱？」

我發出肯定的哼聲。

「它是關著的，我緊緊抓住它，確保它不會打開。我周圍的人看到它，都想像它裡頭裝滿各種東西——知識、良好品格、技能之類的——只要它關著，就沒人知道真相。然後突然間，我絆了一跤，把行李箱弄掉了。它被翻開，那一刻所有人都看到了令人難堪的事實！

行李箱是空的，裡頭什麼也沒有！」

阿嘉特平躺著，雙手交疊擱在胸前，睜大著眼睛說話。從我坐在她後方的角度，可以審視她最細微的動作，同時我本身又可以舒適地隱藏起來。她黑色的睫毛稍微顫抖，胸腔有節奏地上下起伏，但除此之外，她動也不動，只有嗓音響亮而流暢地傳送出來。

「唔。」我再次嘟噥。這個未提出任何要求的平凡聲響，通常非常足以讓我的患者繼續說話。

「太可怕了！」她的語氣變得更有力，「我感覺像個隨時都可能被拆穿的叛徒，問題只在拆穿我的人是誰、還有什麼時候拆穿我。所以我待在家裡、窩在床上，突然間一個星期就這麼過去了。」

我考慮我的選項。讓她繼續說，問個問題，或是提議介入手段。我沒有說些合理的話，反倒問道：「有人知道妳行李箱的內容嗎？譬如說妳丈夫？」

「朱利安和我的關係很複雜。」

「這樣啊。」為了實驗，我試用另一種策略。「如果妳自己打開行李箱，或乾脆把它留在家裡，就以妳本來的樣子出門去，會怎麼樣？」

她笑了，但這是壓縮過的扁平笑聲，不含有任何快樂的成分。

「那我還不如消失算了，醫師。那個行李箱是我的所有！」

這番行李箱論調真是累人。我的膝蓋好痛，太陽穴後頭的壓力愈來愈大。為了不驚動阿嘉特，我小心翼翼地伸直再彎曲腿部數次。這很有幫助。再過十七分鐘我就可以在她背後把門關上，欣賞今天的倒數數字，它正以令人安心的堅定朝零邁進。

「再多說一點，關於別人認為妳在行李箱裡藏了什麼這部分吧，阿嘉特。」我心不在焉地說，把一隻破損翅膀的輪廓，加到我筆記本上那隻邋遢麻雀身上。

睡蓮

我的工作最糟糕的一部分，就是要跟失去某個人的患者談話。嚴重焦慮發作或是成長背景坎坷的患者，我隨時歡迎；但死亡是不可能處理的，我從來就不知道該怎麼對待正在哀悼的患者。

然而當你執業五十年，這種患者難以避免。於是某一天，安索─亨利先生接受治療以來第一次遲到了。安索─亨利罹患強迫性精神官能症，因此他一向表現得讓人挑不出毛病：他準時到達和離開；他回答別人問他的問題；他的西裝剪裁合身且毫無瑕疵，就像是他那僵硬身軀上符合邏輯的延伸物。但今天的狀況不是這樣。

「抱歉，醫師。」他喃喃道，他姍姍來遲將近二十分鐘，頹然癱倒在沙發上。

「請進，先生，我差點放棄今天還能見到你的想法呢。」我一邊說，一邊好奇安索——亨利是不是身體不適。他看起來好像剛睡醒，連衣服都沒換就跑來了，而且他既沒有梳頭也沒有刮鬍子。

就在此時，他開始啜泣。

「天啊，出了什麼事？」我問，但他只是搖頭，把臉埋在手心裡。他全身都不受控制地抽搐著。我先是看看他，再看看關著的門，有股強烈的衝動想叫蘇維吉太太來。她會知道該做什麼，這顯然是個需要女性關懷而不是臨床分析的狀況。

我四下張望，看看有什麼事可做。我站起來，從書架上的木盒裡拿了一條餐巾。

然後我清了清喉嚨，說：「我看得出你很沮喪，先生，但若要我幫你，你就得先告訴我發生了什麼事。」

一開始我以為他不會回答，但後來他微微抬起了頭。

「瑪琳死了。」每次抽噎之間傳來他顫抖的回答，「她昨天死了。」

瑪琳是安索—亨利的太太，也是世界上他唯一懷有感情的人。他對其他人都過度拘謹和保守，不過她卻有辦法突破他的盔甲。我的患者坐直身體，拿起餐巾擦乾眼淚，然後猛烈地擤鼻子。接著他有點困惑地眨眨眼，第一次好好地看著我。我回望著他，卻不知道該說什麼好。他對我有什麼期望？我的手像是躁動的動物般擱在腿上，我用右手牢牢抓住左手，用力捏著。

「很遺憾。」我說。

他點點頭，但沒有轉移視線。他看得出來我在苦苦掙扎嗎？我對於該如何幫助他毫無頭緒的事是不是昭然若揭？

「每個人都知道，在這種深度哀悼的時期，患者可能會退回較早的階段，」我開口，感覺自己講話的語速愈來愈快，「你可能會發現你變得比平常更生氣，或有一陣子對日常生活失去興趣。這都是完全正常的，你不要害怕。會過去的。」我對他露出我希望是有鼓勵作用的微笑。「這一切都會隨著時間過去。」

安索—亨利皺眉。我實在無法再跟他對看下去，我轉而瞥向我的筆記本，胡亂塗寫幾個無意義的字。

「我太太預計要在三天後下葬。我愛過的唯一一個人死了。」帶著哭腔的聲音啞了。「而你告訴我這會過去？」

我的嘴巴立刻變得好乾，感覺我的舌頭在膠水中移動。

「我不是那個意思。」我逼自己說，「真的很遺憾你痛失親人，先生。」我沒招了。我用手臂比畫。「我可以建議我們延後療程，等你感覺心情恢復了再說嗎？」

***

他走出去時丟在桌上的那一團餐巾，正在慢慢舒展開來。隨著時間一分一秒過去，我用眼睛追蹤它的動態。基於某種原因，我無法讓自己抽離這個狀態。即使當它完全靜止不動，像是光滑晶亮的桃花心木上一朵孤單的睡蓮，我仍然待在我的椅子裡。

阿嘉特（三）

我往肺裡深深吸進幾口氣，頭左右搖擺，聳聳肩膀讓血液流通。我身體左側經常抽筋，那是朝著窗戶的那一側。

然後我打開門。

「妳好，阿嘉特，進來吧。」

她似乎有點喘。她經常在最後一刻才趕到，幾乎還沒在候診室坐下，我就會叫她進來了。

「謝謝你，醫師。」

掛起外套並解開繞在脖子上那一大條毛線圍巾後，她躺到沙發上。她今天穿著紫色洋裝和黑色芭蕾平底鞋，一頭黑髮披散在肩上。她的短瀏海讓她看起來比實際年齡年輕，因此當她雙手交叉放在肚子，並躺到沙發上時，她讓我聯想到我在某個童話故事中讀到的小女孩。

幾個星期前，我要求她記下所有夢境，現在不等我催促，她便開始告訴我最新的夢：「有一個我不認識的男人要我往他的單筒望遠鏡裡看。一開始影像不清楚，但我調整鏡片後，焦距就對準了。是腸子、肺、心、各種內臟。那個單筒望遠鏡在我身體裡，你懂吧。」

我們一起度過的那些時數中，她並沒有對她的家人加以著墨，但我有預感我們就快接近那個部分了，而這感覺很快獲得了證實。

「我說到『單筒望遠鏡』這個詞的時候，妳會想到什麼？」我問。

「我爸爸。」

「為什麼？」

「我爸爸是盲人。他的手非常靈巧，即使他從沒看過那些東西長什麼樣子，他也能修理時鐘、讓壞掉的東西恢復原狀。他有一間小工作室，客人會帶著壞掉的裝置來找他，告訴他它們長什麼樣子、應該有什麼功能。然後他會坐下來，面前擱著一盆盆、一盒盒備用零件，根據結構的複雜程度，花上幾天或幾星期去修理，最後它們又能完美地運作了。」

她露出某種嘴角下撇的笑容。「有一次有個從瑞士來的女人拿了一支錶給他，非常高級的黃金懷錶。它走了二十年後不走了，而他花了五星期才讓它再動起來。那些零件小到我幾乎都沒辦法用手指捏起，但他有那種小小的、鑷子似的……」她的聲音變小了。

「而夢裡的單筒望遠鏡，跟他失明有關聯嗎？」我詢問。

「不算是，嗯，不。我父母等了很久才有了我，他們擔心他的殘疾會遺傳，而我也會是盲人，但最後他們跟一位醫師談過，醫師不認為會遺傳，所以我媽媽就懷孕了。當醫生們說我的眼睛完全正常時，他們如釋重負，我爸爸因而給了我一個刻了字的單筒望遠鏡，當作我的受洗禮物。」

「刻的是什麼字？」

「Für Agathe, meinen Augapfel.」

這奇妙的發音對我來說沒有意義，但每個字母都一絲不苟地強調，非常符合阿嘉特的特質。她的名字用德語唸起來很不一樣，我好奇，她是否厭倦了不斷聽到別人用不正確的發音唸她的名字。阿嘉特[1]。我想要像她剛才那樣大聲唸出來，但隨即咬住舌頭忍著。

「意思有點像『手裡的珍珠』。」她解釋。

「或許是『掌上明珠[2]』。」我提出意見，然後表示：「而現在，在這間辦公室裡，妳要把單筒望遠鏡用在自己身上了。」

就在同一瞬間，我終於醒悟到她身上的香氣是什麼了。蘋果加上肉桂放在烤箱裡烤的味道，就像我母親以前的做法。

1 這個名字在德文和法文上為相同拼法，唸法卻不同。德文的尾音「特」為重音，法文是輕音。

2 The apple of my eye，原始意義為「我眼中的瞳孔」，後比喻為珍貴事物。

我們之間

今天的倒數計數是五百二十九。我早上六點二十五分醒來，心跳如擂鼓，左腿強烈發麻。我一開始以為我一定是睡姿不正確才導致的，不過我在客廳走動一番之後，情況還是沒有改善。「這裡空間不夠。」我的屁股撞到餐桌時我煩躁地心想。而且萬一我在這裡跌倒呢？要過多久才會有人發現我？我有股強烈的衝動想量一下脈搏，但我知道那只會讓事情變得更糟，所以我反而安慰自己，如果我當下因心臟病發作而死，至少這整件事就可以結束了。那麼一來，有沒有人發現我都無關緊要。

這有幫助，半小時後我把門從身後帶上。我一手提著公事包，另一手握著手杖，繞過街角，穿越馬丁街，繼續沿著坡道往下走。這條路似乎比僅僅五年前來得更陡了。這是人變老了才會發現的事：人行道鋪得不平、石板地有邊邊角角，而你應該在你的腿還運作良好時，對它們抱有更多感恩的心。

那天我繞了點路，經過一家多年來我用來當作特殊幻想背景的咖啡店。這種幻想的開端，是我剛好看見一對中年夫妻坐在咖啡店裡的小桌子邊。基於某種原因，我在街上駐足，看著她抬起手撫摸他的臉頰，而他靠向她的手掌，然後——簡直就像坐在那裡的人是我——我感覺到她的體溫傳到他身上，讓人難以分辨彼此的溫度。

自從那次以後，我就養成習慣，常常經過這間咖啡店，並想像某一天或許是我坐在那裡。

今天只有寥寥數人喝著早上的咖啡在看報紙，我只用搜尋的目光瞥了一眼，就轉朝診所的方向走。

我到的時候，蘇維吉太太從櫃檯起身迎接我。但我們時間搭配得很不好。我遞給她大衣，她卻把手伸向手杖；我要給她手杖時，我們的手卻撞在一起。這很奇怪，因為多年下來每一刻都已削減到只剩最基本的必需，通常整件事都行雲流水，我們誰也不必用腦子去思考。我迴避她的眼神，感覺有點尷尬，急著想躲進安全的辦公室。我接過那疊資料夾，發出一個或許可代表感謝的聲音，然後逃離現場。

幸好我坐進椅子的那一秒，我就把蘇維吉太太的事完全拋在腦後。隨意地翻著筆記，我迅速陷入沉思的情緒。想像一下，如果這些牆壁外頭的生活，就跟牆壁之內的生活一樣沒有意義。這絕對是一種可能。我有多常聽著患者抱怨，並慶幸他們的生活不是我的生活？我有多常瞧不起他們的例行公事，或是暗地裡嘲笑他們愚蠢的擔憂？我突然想到，我一直都想像著我的理想生活、我每天受折磨後的回報，都會在我退休之後等著我。然而，我現在坐在這，卻怎麼也想不出那時候的生活會包含什麼值得期待的事。想必我唯一能準確預期的事物是恐懼和孤寂吧？多麼可悲，我就和他們一樣，我心想。然後我帶著臀部的脹痛和在肋骨底下閃動的悲傷，走出去迎接今天的第一位患者。

阿嘉特（四）

多年來我治療過一些躁症患者，他們不穩定、躁動，甚至有一點精神病──有一次我的諮商對象在躁症發作的三天內，把他的所有財產都輸光，因為他相信上帝能讓他挑中會贏的那匹馬。

但阿嘉特不一樣。雖然她顯然歷經掙扎，她還是每次治療都乖乖報到，而我的印象主要是她並不快樂。事實上，我開始懷疑聖史提芬醫院的診斷究竟正不正確，所以有天我決定問她。

「阿嘉特，妳來找我的時候把妳的病例註記帶來了，其中有些部分我有些疑問。」

「是嗎？我自己也有些疑問呢。」她尖酸地說，「譬如說，我不懂把不開心的人綁在床上，用電流刺激他們的大腦，對他們怎麼會有幫助。」

「唔，對，」我承認，因為我個人也一向不怎麼偏好電療或胰島素休克療法，「但聽說它確實對嚴重的病例有良好效果。」

她聳聳肩。

「這個嘛，它對我沒有任何好處。」

「我有疑問的是，」我解釋，「針對妳的診斷這部分。到現在我已經為妳諮商超過兩個月了，我認為妳主要是有憂鬱症。妳的躁症現在還會發作嗎？」

阿嘉特靜靜地躺了一會，思索著。

「我不確定怎樣才算躁症，但我確實會有一陣一陣的暴怒，偶爾我會被一股能量控制住，那時候我幾乎不能克制自殘。上次我做了這個。」她把瀏海往後撥，露出一側太陽穴上小而深的傷口。

「櫥櫃。」她說。

「愚蠢。」我回答，心想那診斷或許是準確的。

「我真慶幸我付了你這麼可怕的一大筆錢，來刺探我腦袋最深處的祕密，醫師。」

「說得對。」我說，忍不住露出微笑。

***

她走了之後，我懷疑有雙極性疾患的人會不會是我才對。因為雖然我仍告訴自己阿嘉特是個麻煩，她根本就不該來的，但我不也開始喜歡我們的對話了嗎？而且如果我誠實一點，她來過的日子，我不是還會故意不讓辦公室通風，好讓蘋果的氣味留存久一點嗎？

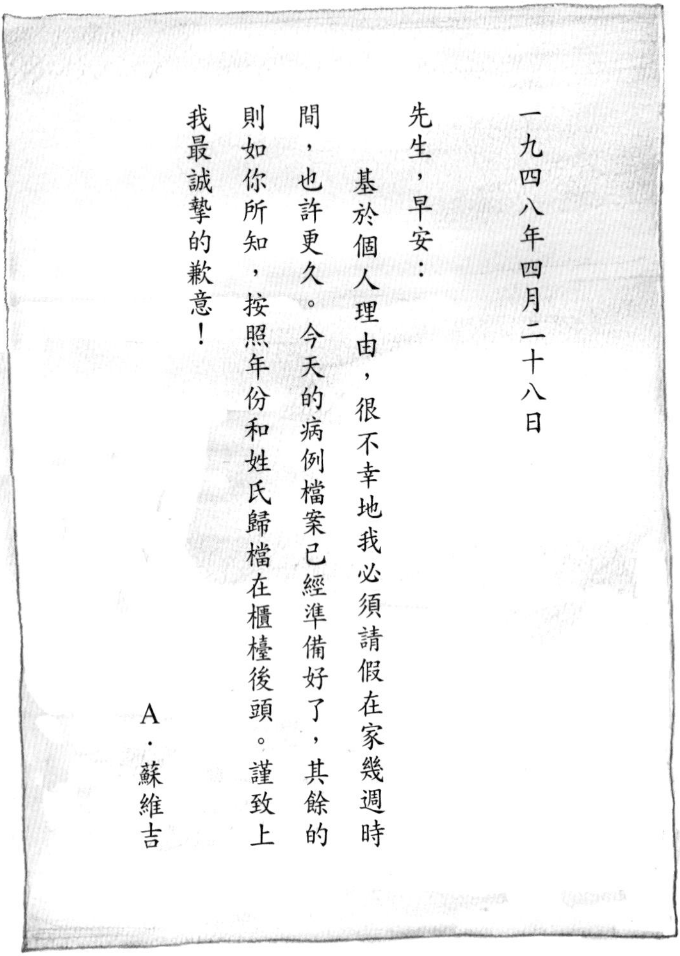

一九四八年四月二十八日

先生，早安：

　基於個人理由，很不幸地我必須請假在家幾週時間，也許更久。今天的病例檔案已經準備好了，其餘的則如你所知，按照年份和姓氏歸檔在櫃檯後頭。謹致上我最誠摯的歉意！

A·蘇維吉

信

蘇維吉太太替我工作的這三十五年來，總共只請過兩次假。一次是她母親去世，另一次是她染上嚴重肺炎，臥病在床好幾星期。因此讀了她的信讓我深感不安。到底出了什麼事？

春天的太陽毫不懈怠地照耀著，辦公室裡的空氣很滯悶。我推開一扇窗，拿起那一疊資料夾。這個大房間裡少了我的祕書後顯得異常空曠，雖然我們從未達到熟不拘禮，更稱不上是友情的關係，她仍然是我工作場所中重要的一部分，就像是沙發或我的真皮扶手椅。

這一天的諮商就這麼結束了，沒有任何一個患者讓我訝異或感興趣。第一位是神經質的奧利弗太太，她每天早上在全家人還沒起床前，都會把家裡所有的茶具清潔一遍；然後是莫瑞斯摩太太，她的丈夫對她非常不好，她早就該離開他了，然而在她不知不覺中，她的憤怒卻被轉換成了羞愧；最後是伯傳德先生，他看起來主要是需要有個說話的對象。他一開始是為了胸痛才來找我看診的，雖然我三不五時仍然會聽他的心跳回音，但我們現在的對話主要圍繞在他在孩子面前很難樹立威嚴上面。

我出神般地坐在椅子裡，想聽出伯傳德先生敘述的重點。突然間，接待區傳來碰撞聲。我向患者說聲抱歉，便趕緊走出去看看怎麼回事。蘇維吉太太寬闊的檯面上，有個裝著黃花的花瓶翻倒了，許多紙張散落地面——我過了一會才醒悟到底發生什麼事：我顯然完全忘了打開的窗戶，而現在風在懲罰我。我的患者一定也都邊候診邊吹著風，我再次發現自己很想念我的祕書。我關上窗戶，做了基本的清理，然後返回患者身邊。沒多久我們就把話題結束了。

「下星期見，醫師。」

每次我們諮商進入尾聲時，伯傳德先生都會一字不漏地說這句話。的確，也許在我這年紀，所有事物都是重複又重複。四百四十八，我心想，試圖讓自己開心起來。我只需要再跟這些人聊四百四十八次了。到了現在，我甚至不再試圖了解他們。

＊＊＊

經歷過早晨的疲勞轟炸後，我散步一小段路到風味餐館。我不知道餐館老闆的名字，但是自從這家店開張以來，我每週有五天都會看到他那張有痘疤的臉，他默默地朝我這桌點點頭。片刻之後，他端著裝有綿滑馬鈴薯和油亮火腿的大盤子過來。

風味餐館並不以高水準的服務著稱，但它的每日特餐通常不錯，而且我常坐的桌子總是空著。當我把帕瑪森起司撒在馬鈴薯上，囫圇吞下我的食物時，我藉由背誦菜單上不同數字各代表哪道餐點來當作消遣。等我如往常一樣配了兩杯水吃完午餐後，二十四道菜中我已能正確背出二十三道。

阿嘉特（五）

她終於到了，氣喘吁吁，臉色發紅。我在椅子上坐直。我沒有理由擺出比實際上更蒼老的樣子。

「妳好，阿嘉特，進來吧。」

「你好，醫師，」她上氣不接下氣地回應，「對不起我遲到了！」

她把一件我沒看過的米色大衣掛在木釘上，然後問：「請問，你的祕書到哪去了？」

「恐怕我的祕書暫時沒辦法來上班。」

「這樣啊，所以你也很孤單。」

她露出共謀般的笑容，我咬住她的誘餌：「阿嘉特，妳的意思是說妳很孤單嗎？」

她聳聳肩，在沙發上把身子往後挪，然後小心翼翼地躺下來，像是要嵌進我看不出的模子。

「就某種角度來說我是。沒在生活有點孤單；看著別人玩耍，而自己的腿卻斷了，也有點孤單。」

我太了解那種感覺了。但幸運的是，我坐在治療師的椅子上，而她躺在沙發上。

「阿嘉特，妳言談間經常表現得像是妳的人生已經結束，妳的一切都被自己給毀了。然而每一刻，妳都有機會做一些妳可以為之自豪的事。」

我很難不為自己的虛偽感到噁心。我做了什麼能讓自己自豪的選擇？我為退休做了什麼偉大計畫？

阿嘉特搖頭。

「現在已經來不及去念好的大學了，即使我知道我要的是什麼，我也沒有錢。如果我真的要認真經營鋼琴或歌唱這一塊，我會更早做點什麼。我現在已經太老了，醫師。」

我想像我幾乎能看見無望像層厚厚的霧靄隔在我們之間，於是我在椅子上往前挪，試圖抓住她的注意力：「並不是所有事都太遲了，阿嘉特。我相信人生由長長一串我們必須做的選擇所組成。唯有當我們拒絕接受這項責任，一切才會停止有意義。」

這句話的各種變體，我已說過幾百、也許甚至有幾千次了，可是由於我沒有任何真正正面的經驗去驅動這些話，它們就仍然只是純粹抽象的概念，不過，我還是希望阿嘉特能夠使用它們。她帶著布滿疤痕的手腕躺在那裡，像玻璃一樣易碎而透明，雖然我像個偽君子，但我的出發點是好的。我確實想要幫助她，而這一點就某方面來說讓一切變得複雜。

「我聽到你說的話了，醫師。你以為我沒有試過告訴自己同樣的事嗎？」

「有時候從別人口中聽到會有幫助。」我大膽提出。

「也許吧。我確實認為我努力了，可還是抓不住。它就在那裡——近到我幾乎聞得到。」她做夢般望向虛空。「但我就是搞不懂，大家是如何做到的。」

***

她手上鬆鬆掛著條紋雨傘，跨著幾乎無聲的腳步離開以後，我思索她所謂的生活可能指的是什麼。從外在角度來看，那正是她在做的事。她的心在跳，她受過教育，甚至建立了一個家庭，所以如果阿嘉特不算是在生活，誰算呢？

我關掉檯燈，穿過辦公室，朝生暮死的喧騰在我耳邊迴蕩，很難意識到我很快就要最後一次關門。我試著想像在我之後即將接手診所的醫師，大概是某個充滿活力、有著速戰速決解法的朝氣蓬勃年輕人吧。會是他繼續阿嘉特的療程嗎？最後是他讓她好起來？我知道這很自我主義，但我寧可她久病不癒，也不希望她被別人治好。

我花了很長時間才把檔案放回正確的位置。這讓我感到安心。然後我在蘇維吉太太那閒置於打字機後頭的椅子上坐下。窗外，天光暗了下來。

鏡子

雖然我盡了最大的努力去忽略，但事實仍然無可迴避：我的焦慮愈來愈嚴重了。它愈來愈常發生，我醒來時心臟狂跳，感覺死到臨頭，而這自然影響了我的工作。我開始自我懷疑，我做出的解讀一次又一次黏在我的口腔頂端，害我不得不在可悲的時間點把它們啐出口，沒人抗議真是個奇蹟。我的患者們或許都有太過良好的教養、太沉浸在自己的世界，所以當這週最後一位訪客終於把門帶上時，我已經為這整場化裝舞會感到厭煩透頂。就連今天的倒數計數都安慰不了我。要是有人肯拿出魄力來喊停，問我我們到底在玩什麼把戲，那就好了，我心想，一邊用力關上檔案櫃的門，用力到鑰匙直直掉落地上。蘇維吉太太不在是件好事，她沒看見我是如何對待她心愛的家具的。

我吸了一口氣，憋住，然後重重地呼出來。

我的手微微顫抖，患者們的聲音在我腦中嗡鳴，在太陽穴附近聚集成悲傷的集體雜音。所有人真的都這麼悲慘嗎？還是只是我都看見不快樂的人？外頭那些小小家庭裡，有沒有人心滿意足地上床睡覺，而且知道自己隔天為什麼還要起床？

我突然發現我忘了吃午餐。

我不知道那段時間跑到哪去了，一時間因為我讓那有痘疤的店老闆白等一番而良心不安。然後我突然覺得反胃，我必須強迫我的腿帶著我去小小的廁所。我直接從水龍頭喝了幾口冷水，汗水像是額外的一層膜蓄積在我背上，我的心跳變成平時的兩倍快。

我關掉噴射的水流，站直身體。熟悉的暈眩感掠過我全身，我抓住水槽以免失去平衡。

我盯著鏡子，尋找我的臉，結果那裡空無一物。

鏡子裡沒有人！即使我很清楚我們這間廁所裡沒有鏡子，我還是花了很長一段時間才想起這項事實，以致於我已形成這個想法。就是這樣！

我站在那，靠著冰冷的瓷製水槽休息，直到我確定可以走路而不跌倒。然後我沖了馬桶，打開門，離開房間，扭頭，朝光禿禿的白牆看了最後一眼。

柴可夫斯基

經歷過那件事後，我只想回家。所以我把剩下的資料夾留在原處，拿起我的帽子和大衣，但沒有將它們穿戴起來。在狀況好的日子，我的膝蓋不太痛的日子，穿過蜿蜒的街道要花九分半鐘，今天花的時間更少，因為我幾乎是用慢跑的。在路上我試著說服自己我是某個人。這聽起來可能是個奇怪的計畫，但一個人確實可能懷疑起自己是誰。我已經沒剩下任何家人或朋友——某人算得上朋友的標準大概是要保持聯絡吧——而除了對古典樂有點未經深耕的興趣，我沒有特別的嗜好，除此之外大概就是喝杯好茶，還有把工作處理得有條不紊。即使在這些方面，我也似乎都在走下坡。

在一棟維護得很好、牆上爬滿藤蔓的大房子裡，有個女人坐在自家客廳，電視螢幕照亮她蠟黃的臉。我也會把剩下的日子花在盯著那種裝置上頭，看著我不認識的人的影像，或是在花園種花，或只是睡和吃，任由我的身體在我的手指間粉碎嗎？雪上加霜的是，我突然想起最近讀到的一篇文章，說剛退休、準備享受終於獲得的空閒時間的男人，其死亡率出奇地高。不過，那至少解決了該如何安排自己時間的困擾，我陰鬱地想，一邊推開花園柵門。進屋之後，我直接去看冰箱，但那畫面令人沮喪。剩兩個蛋的蛋盒、一罐果醬、一些奶油和一塊乾起司。我判斷今天不是我有心情煮蛋的日子，所以我泡了茶，做了三明治，在廚房桌子旁，配著時鐘沉重的滴答聲吃掉。麵包很有嚼勁，但如果我是為了享受口腹之欲而吃，我的菜單不會是這副模樣。

稍晚我坐在椅子上，膝上蓋著小毯子，讓時間慢慢流逝。一邊聽音樂，並反射動作般地把唱針移回開頭。我的手自己會動，所以移回唱針成為任務的一部分。同一個動作既倒轉了時間，又讓時間往前推進。

最後我終於需要上廁所了。我站在那時，突然想到我甚至不再自慰了。已經多久了？我低頭看，安撫地捏了捏被我忽略的傢伙，然後拉上拉鍊退後。接著我穿上綻線的藍色睡衣上床睡覺。

阿嘉特（六）

某一個週六下午，我進行完每週的採買正要回家，走到帕維永街與皇后大道的交叉口，我一如往常地經過那家小咖啡館。當我往裡看，結果看到她——阿嘉特。

但那是另一個阿嘉特，跟我認識的那個不同。她穿著讓她的白皮膚發光的暗紅色上衣，雖然她坐著，全身卻都在動。她的雙手在空中畫著大圈，眼睛在瀏海底下閃著黝黑的光，正在向同桌的另外三個女人解釋什麼。最美的是她的嘴，尤其是她幾乎無法克制大笑而仰起頭時。

我沒有片刻猶豫，就藏身在與咖啡館呈斜對角的小花園裡的一棵樹後，從這個有利位置，我能看到阿嘉特那個紅點。我試著想像，如果是我們兩人面對面坐在桌子邊，她看起來會是什麼樣子。比我剛才看到的要嚴肅，但有同樣柔軟的嘴巴，我心想，同時在我心裡，我看著她撥開拂在臉上的幾縷髮絲，然後傾向前伸手按在我前臂上。

我像個低級的窺淫狂一樣站在那裡，直到阿嘉特從咖啡館出來，向她的朋友道別。我因為站太久，膝蓋痛得要命，但我幾乎沒有意識到。當她開始走路回家，我跟著她。我提著購物袋走路，陶醉在愈來愈強烈的渴望中，同時又因為太過熟悉的羞愧而心情沉重，直到我看見她走進阿西恩街一棟兩層樓的白牆洋房裡。客廳亮起一盞燈。知道她睡在這棟建築裡、在這裡洗澡和更衣、她每次來見我都是走在這段人行道上，感覺有種奇異的親密感。

我在那站了一會，假裝在袋子裡找東西。舉起一包薄切火腿，挪一挪紙盒裝的蛋。我的脈搏在灼熱的臉頰裡跳動，要平穩呼吸十分費力。然後，我鎮定心神，快速從她家旁邊走過去，在恰好的時間點轉頭瞥了一眼屋內。我不知道我期望看到什麼，但她側對著我坐在一張椅子邊緣，眼神發直，離我大概四公尺遠。她的臉是一張沒有生命力的面具，我瞇起眼睛，才看到淚水像墨滴一樣，落在她紅色上衣的布料上。

***

我把我的公寓門關上後，我體內的亢奮仍像是刺激的餘震在迴蕩。我感覺我發現了一個祕密，而我渴望與別人分享，就好像我獲得了一個美妙卻禁忌的禮物。我的身體發麻，我在心裡一次又一次看到阿嘉特，那件上衣襯出她苗條的身段。一時間我向陶醉臣服。

然而我又睜開眼睛。這是不可能的。阿嘉特是我的患者，我是她的醫生，我的工作是幫助她！我毅然決然抓起大衣，匆匆回到外頭的暮色中。

湖泊旁邊的空氣像是我迫切需要的冷水澡。等我走完一圈，亢奮感已經消失了，疲倦重新找上我。我跛著腳走完最後一段路回家，淚漣漣的阿嘉特影像仍牢牢地烙印在我的視網膜上。

聾人、啞巴和瞎子

幾天後我終於從診所走出來時，下午變成了傍晚，診療數由兩百七十五個減少到兩百六十六個。太陽低掛在屋頂上方，除了我手杖規律的點地聲之外，唯一的聲響就是鳥鳴。我經過一個個信箱，上頭的姓氏不時吸引我的目光，但幾乎從來沒有我認識的人。有鑑於多年下來，我為這座城市那麼多居民諮商過，而我在辦公室以外遇見患者的機率之低頗令人詫異。有時候我會想，或許他們全都是我幻想出來的。即使是蘇維吉太太，在某方面來說，也唯有在請病假時才會離開診所、走入現實。

最後一個斜坡總是最辛苦的，我走到九號時鬆了口氣。我的手自動自發地從大衣口袋掏出鑰匙的同時，我的眼角餘光瞄到一點動靜。是我的鄰居。我突然有股惡毒的衝動，想要把他從陰影中驅趕出來。為了使他成為一個有血有肉的人類，我舉起帽子大喊：「晚安，鄰居！」

他側身站著，對我的問候沒有任何反應。他只是打開信箱，取出一封信，再把信箱關上。直到他轉身要走回花園時，他才抬起頭並看到我。他禮貌性地點點頭，我再試一次：「晚安，鄰居。」

他再次微笑點頭，我一個衝動，上前一步，並說：「說實在還真好笑，兩個人住得這麼近，我們的生活只用一道牆隔開，對彼此卻知道得這麼少，你不覺得嗎？」

男人帶著歉意聳聳肩，先是指著他的耳朵，又指了指他的嘴，然後搖頭。我內心有什麼東西往下一沉。我感覺肚子裡受到了一陣劇烈搖動，雙腿發軟。這男人是聾子。他根本不知道有我的存在。

我唐突地轉身，沿著花園步道衝進我的前門，然後重重關上。我眼睛後方的壓力愈來愈高，我跌坐在廚房的一張椅子裡。後來又過了很久，我才發現我手裡還握著手杖，大衣也沒有脫掉。

探訪

地心引力把我的嘴角往地面拉扯，我把病例檔案聚攏成一疊圖畫和隨意塗寫的文字，然後蹣跚走進候診室。我正在想像我的皮膚被扯得愈來愈往下，直到我的臉頰發出兩個疲憊的啪嗒聲後掉落在地毯上，於是我一直走到大櫃檯前才看到她。她坐在窗戶底下，像是曾經在同一張椅子上呼風喚雨的女人隱約的複製品。我在她面前停步，懷裡仍抱著一大堆資料夾，不確定接下來該做什麼。

最後我朝她的肩膀伸出一隻手，並清了清喉嚨。

「妳在這裡做什麼？」

我的語氣太粗魯了，嗓門也太大了，但她似乎完全沒有注意我。她像是在對自己說話，她沒有看我，只說：「他現在已經在家三十三天了，他病得很重。他在我眼前慢慢死去。」

顯然我不是唯一在算數的人。

「蘇維吉先生不舒服嗎？」我小心翼翼地問。

她終於帶著一種我從沒見過的表情抬頭看著我，衝口而出：「我再也受不了了！最糟的是我們甚至不能談。」她的聲音在發抖。「湯馬斯嚇壞了，這我看得出來，但他什麼也不肯說。我們通常無話不談！」

「很遺憾，夫人。」我說，真恨自己的無能為力，「如果有什麼我能做的，請妳一定要告訴我。」

這句空泛的話顯然就是她所需要的鼓勵。

「你可以跟他聊一聊嗎？」她急切地問。

我困惑地搖搖頭。

「可是，夫人，這有什麼幫助？」

「我覺得跟某人聊一聊對他有好處，但我們沒有宗教信仰，他又不喜歡他自己的醫生。」

「嗯，可是——」

她打斷我：「我晚上不睡覺，因為我太擔心等我醒來會發現他已經走了。我無法承受他那樣走掉。我把我的床墊放在他房間，整夜躺在那裡聽他呼吸。」

「夫人，拜託。」我再試一次。我真正想說的是，我對於如何在我辦公室四壁之外的地方，跟另一個人類談話毫無頭緒。我已經太久沒跟任何人進行正常對話，光是用想的都覺得痛苦。換言之，我手足無措，而且我覺得在這種情況下她找上我簡直荒謬。然而她對我有什麼期待是很明確的。

「我當然會跟湯馬斯聊一聊。」我說，「這幾天我會找時間過去一趟。」

「噢，太謝謝你了，先生！」她臉上緊繃的肌肉放鬆了，她握著我的手一會才放開。

＊＊＊

蘇維吉太太離開後，我被一股不安給籠罩。我在洗手間站了很久，額頭抵著冷冷的牆壁，讓水沖過我的手。慢慢呼吸，集中精神，讓所有思緒都不要亂跑，誘哄我的身體安穩下來。

我最想要的是轉身背對整件事，爬回我的例行常規，把垂死男人的事拋到腦後，單純地倒數：二三一、二三〇、二二九，但即使是我也明白那是不可能的。我抱有好感（儘管表現方式很笨拙）的人正在請求我幫忙，如果我連試都不試一下，我還有什麼用處可言？

迷途

當天晚上我在臥室清醒地躺到天荒地老，只看得見衣櫃的邊角輪廓和窗戶透入的微光。一開始我在想蘇維吉太太，想她焦慮地傾聽丈夫的呼吸聲，還有她希望我能為他做什麼。後來，隨著花園裡鳥兒的嘰喳聲變得響亮，我開始思考，當死亡來帶走我的那一天降臨，我是否會反抗。

等鬧鐘響起的時候，我已經笨拙地執行了一連串例行公事。我起床、燒熱水泡茶，像平常一樣把牛奶從冰箱拿出來。不安並沒有消失，然而我還是吃了一點麵包，洗了個異常久的澡，然後從一大堆一模一樣的 **Le Tailleur** 襯衫中挑一件乾淨的來穿，接著精疲力盡的我出發前往愈來愈馬虎的診所。

療程很難熬。布里耶太太那番關於她母親幾乎不加掩飾的冷漠的故事，差點害我掉下淚來，我又是吸鼻子又是咳嗽的搞了好多遍，最後她還問我是不是感冒了。憂慮和類似悲傷的情緒在我胸中累積，我開始懷疑我面對壓縮過的人類苦難，是否能撐過一整天。布里耶太太離開之前跟我握手，說：「如果沒人關心你，你可能變成一隻非常小的動物。有時候我懷疑這樣的動物會不會根本不算是人。」

***

我的下一位患者是十八歲的席爾薇，她沒有出現。我的患者鮮少無故缺席，但嚴格說來，我無法得知她是否曾試著取消，因為我沒有祕書來記下訊息。有鑑於前幾個小時的折磨，我應該要鬆一口氣才對，但我幾乎驚慌失措：患者取消療程迫使我面對自己，而我一心只想逃避。一團令人困惑的想法在我腦袋裡爭搶空間。若我試著跟蘇維吉太太的丈夫談話，卻顯然沒有絲毫用處時，她會說什麼？當一個人連怎麼過自己的生活都搞不清楚，該怎麼幫助陌生人安然面對死亡？

為了干擾我的思緒，我站起來走到外頭的接待區。我在那裡躁動地走來走去，調整幾本雜誌，望向窗外一塊方形的草地，走到大門前眺望馬路另一端，看看我的患者是不是快到了。但是席爾薇不見蹤影。我無法平靜，我感覺自己愈來愈糟。我的皮膚像一張網子，緊緊綳在我周圍；我把嘴巴張開又閉上，轉動肩膀，拉直脊椎，但我的身體裡實在沒有足夠的空間。我一時失控，抓起手杖就衝到外頭的陽光下。

我不知道我要去哪裡，只知道我不能待在原地，所以我往左轉，沿著街道快步走。我什麼也沒看見，只是費力地走著，大口吸氣。令人混亂的影像來來去去：襯著沙發綠色布料的阿嘉特的柔嫩皮膚、我孤獨一人在家中的窗邊、蘇維吉太太和她的丈夫湯馬斯伸出手臂摟著對方……。我偶爾會經過人行道上的行人，他們必須趕緊後退，好避免跟我撞在一起，但我幾乎沒在注意他們。我太專注於讓自己保持抬頭挺胸的姿勢，以致於當我最後倒在馬路上時，我完全不知道我在什麼地方。

我漸漸緩過氣來的時候，意識到我一定是把手杖弄掉了。我困惑地四處張望。我坐在一道凸起的石板邊緣上，這道邊緣把一座維護良好的屋前花園與馬路隔開。花了幾分鐘恢復之後，我小心翼翼地站起來，用冷冷的石頭撐住身體。我的身體還能運作，不過我的腿在發抖，而且我全身無力。我沿著街道慢慢且搖搖晃晃地走，我的視野再次開始擴展，讓世界回到我眼前。真是愚蠢，我罵自己，你在緊張個什麼勁？於此同時，我知道明天同樣的事可能又會發生，而我對於預防它發生束手無策。

我在馬路盡頭找到我的手杖，不久之後，我終於認出一條街道。我從那裡一瘸一拐地回到診所。我帶著比平常更疏離的態度，以及咕嚕響的肚子，設法熬過當天的最後三場諮商。我顫抖而疲倦地坐在椅子上，襯衫像混凝紙漿一樣在我身上變硬，我唯一說的話是你好和再見。

一旦易受驚嚇的莫瑞斯摩太太像平常一樣，連續開門關門三次才離開，就代表著一天的結束，幾個小時下來我才終於好好地呼出一口氣。反胃一直等著我，帶著澀味潑來潑去，而令我極度懊喪的是，我必須跌跌撞撞地到外頭的廁所去嘔吐。

阿嘉特（七）

「我想我很生氣。不，我知道我很生氣，只是當時我不敢去感受那種情緒。但我不再唱歌，我幾乎不再碰鋼琴，我就從那時候開始割我的手臂。」

從我位在她後方的椅子上，我能看到她柔軟而圓潤的臉頰，看到她眼睛周圍繃緊的細緻網狀紋路。

「我不知道我為什麼這麼說。醫師，你覺得呢——我可以用水果刀取代鋼琴嗎？」

她的嗓音裡偷偷流動著笑意。

「唔，這個嘛，有何不可？」我回答，「想想，有那麼多藝術都是透過磨難和昇華製造出來的。」

她穿著一件酒瓶綠的連身裙，外頭套上某種灰色短上衣。深色矮跟鞋微微凸出沙發邊緣。她的腳來回擺動——先往一邊，再往另一邊。

「總之，事情就是那樣開始的。從那之後我會割傷自己、揪自己的頭髮，用不同東西打自己，或是用頭撞牆直到流血。我可以向你保證，這比乙醚和安眠藥都有效！」

「或許如此，但它的效果來自把疼痛掩蓋過去，而不是消除疼痛。妳不能假裝妳用頭撞牆，實際上解決了任何問題，阿嘉特，妳只是在為了妳沒有做錯的事在懲罰自己。」

我的口氣如此老成讓我惱火，她的笑容加深了，我確信她是在笑我。

「不，醫師，」她說，「你說得對。所以你建議我停止？真是創新的想法。」

「告訴我，這對妳來說是個笑話嗎？」我衝口而出。

「我可以向你保證不是。」她語氣尖銳地說，「我被活埋在自己的生命中！我還以為你能理解一個被詛咒的女人的黑色幽默。」

我傾向她：「可是妳究竟犯了什麼滔天大錯，阿嘉特？妳為什麼對自己這麼生氣？」

她彈了一下舌頭。「醫師，你到底有沒有在聽？」

「我認為我有在聽。但包容我一下吧——解釋給我聽，讓我了解。」

她發出清晰可聞的呼氣聲，把瀏海往上吹。她回答時，嗓音回復成正常的節奏：「我生氣是因為我沒有完成任何事。我應該成為某個人，結果我誰也不是。」我們進行療程以來，她眼中的濕意第一次凝聚成淚水，沿著她的太陽穴一路往下滑到白皙的喉嚨。我必須努力集中心神，留意對話內容，才不致於把我對阿嘉特的所有印象都混雜在一起。

「如果這很老套的話，我很抱歉。我相信你已經聽過這種事了。但我真的以為我很特別。」她說。

「妳仍然這麼想，至少一部分，」我回答，「否則妳就不會這麼生氣了。然而與此同時？」

「你這是什麼意思？」她吸了吸鼻子，用手背掃掉眼淚。

「我的意思是妳同時感覺獨一無二又徹底渺小。」

她慢吞吞地點頭。「你好像說對了。前一刻我覺得我不配活著，下一刻又覺得沒人配得上我。很蠢，不是嗎？」

死亡所在之處

我終於不能再拖延了。當我走近那棟房屋時，這一兩天以來的心神不寧，被一種非現實感所取代。我給自己攬上什麼事啊？

蘇維吉太太過了好一會才來開門。

「晚安，先生。你能來一趟真的非常好心。請進。」她說，把門大開並讓到一旁。她的臉一度分崩離析，然後又草率地拼接回去，這畫面讓我想要扭轉身體，沿著花園小徑往回衝，跳上我來時搭的那班充滿汗臭味的公車。然而我依然跨過門檻，還差點被一個看起來像織布機的物體給絆倒。我咬緊牙關才把驚呼聲給嚥回去。這裡到處都是雜物！

「來，給我吧。」

蘇維吉太太把我的手杖拿走，放到一個裝了起碼有十把各色雨傘的置物架裡，然後把我的大衣披在一疊報紙上頭，我則慌亂地試著找個地方掛我的帽子。我從來沒在同一個家庭裡看過那麼多鞋子、水罐、釣魚竿，或是（詭異的）灑水壺。

「請往這裡走。」蘇維吉太太說，帶我走向一條狹窄的走廊。

「他好像已經醒了，不過就算沒醒，叫醒他也沒關係。」她在一間房間外頭停下腳步，想必是病房。

我點點頭。

「如果你需要什麼，我就在這裡。」蘇維吉太太說，繼續往走廊深處走。

「等一下，」我叫住她，「他生了什麼病？」

她轉身，直視我的眼睛，說：「他得了癌症。」

然後她消失到廚房裡，把我留在死亡逗留的房間門外。

我小心翼翼地敲門，並走進去。他躺在房間中央的雙人床上，只有臉從被子邊緣上方露出來。他太過濃密的眉毛之間刻出深深的溝紋，但我走近的時候，這副受盡折磨的表情已被友善的微笑給取代。

「晚安，醫師，請進。」

角落裡有張扶手椅，我把它拖到床頭附近。座椅很低，我最後不得不乾脆把心一橫，鬆手讓自己跌進座位。我心想：總有一天，我會直接待在剛好坐下來的位置，永遠不再起身。也許是我家裡窗邊的那張椅子，或是湖邊的長椅，而天鵝們都在我周圍入睡。

「蘇維吉先生，你今天感覺怎麼樣？」我問。

「謝謝你，我不是很好，」他回答，「但你來是件好事。我想我親愛的老婆對我的耐性已經快用完了。」

白色枕頭上凹陷的頭，被單乾淨的氣味下潛伏著疾病的惡臭。我什麼也沒說，因為我不知道該說什麼。

他清了清喉嚨，繼續說道：「請叫我湯馬斯就好，醫師，雖然我們並不熟，但我就不拐彎抹角了。我對我太太來說是個負擔，我不想讓我的恐懼拖累她，但事實上我很害怕。」

他講起話來斷斷續續，吸滿一口空氣，講一句話，再吸氣，再講一句。

「我相信你不是個負擔。」我試著說。但湯馬斯沒有回答，這沉默幾乎令人難以忍受。我就知道，我心想，這種事我根本做不來！

然後，枕頭上傳來聲音：「你了解死亡嗎？」

我皺起額頭。

「誰不了解呢？」我試著說，但我聽得出這話有多空洞。

「這些年來，我跟許多生了重病或親人去世的患者談過話。」我再試了一遍，但似乎更糟。最後，我搖搖頭。「不，」我說，「我不了解死亡。」

湯馬斯微笑，點了幾下頭。

「對，是這樣，沒有遇到是不會了解的，不會真的了解。」

他的顎部在鬍碴和灰色皮膚底下動來動去，好像在咀嚼似的。一時之間，我在想我多久之後會變得像他一樣。我的灰髮中還有黑點，但如果我生了重病，那不會維持很久。十公斤的肌肉和脂肪很容易就不見了。

「每天晚上我都躺在這裡聽著我太太的呼吸聲，想著我怎麼能夠離開她。」

他右邊的地板上有個床墊，還放著枕頭和羽絨被。他左側的床邊桌上，也就是我坐的位置旁邊，擺了檯燈、一杯水、水盆和錫罐裝的薄荷糖。看來這些就是對付死亡的藥方了。

「老實說，我不確定我能怎麼幫你，湯馬斯。」我說，「我從沒愛過任何人。」

這句話殺得我措手不及，但湯馬斯只是淡淡地說：「嗯，不是每個人都那麼幸運。你面對死亡時可能會容易一點。」

「也許吧，」我承認，「可是面對生活時就艱難多了。」

他的笑聲像石頭掉在石頭上。

「這話可能有道理，」他說，口水連帶著噴出，笑聲變成咳嗽，

「沒有愛的生活沒有品質可言。」

我微笑回應他，我們又默默地坐了一會，然後我問：「你說你很害怕？」

「簡直是嚇傻了！」他再次微笑，這次是用眼睛笑。「能說出來感覺真好。」

「你知道嗎，我也很害怕，」我招認，「只是我還沒搞清楚我在怕什麼。」

「我覺得最糟的就是不能再看見我太太的臉，必須去一個她沒有要去的地方。」

不知怎麼的，我完全了解他的意思。

「也許你該放下的不是她，」我建議，「也許只是其他所有事？」

我不確定這是否說得通，但湯馬斯伸出手，像他太太幾天前那樣握住我的手。

「這倒是真的。」我感覺他的手在收緊，微弱的壓力。「我是永遠放不下她的。但其他的，或許可以吧。」

他鬆開手，折起身體又是一陣乾咳。我把水遞給他，他抿了幾口。

「希望你查出你在害怕什麼，」他啞聲說，重新靠回枕頭上，「否則的話太浪費了。」

我低頭看著他，聳聳肩。到目前為止，大部分事情不都是白白浪費了嗎？不過我還是問：「你是怎麼查出你害怕什麼的？」

「根據我的經驗，」湯馬斯邊回答，邊把眼睛慢慢閉上，「你要從你最渴望的東西開始查起。」

阿嘉特（八）

「別人說我長得像爸爸，他可高興了。我想他對這件事很自豪：雖然他有殘疾，還是生出一個孩子，所以我變成某種戰利品。彈啊，阿嘉特，彈啊！」

她的語氣充滿嘲諷。

「妳很有天分？」我問。她當然很有天分。

「他們從來沒告訴我我很厲害，我只是在他們以為我聽不見時，聽到他們這麼跟別人說。不過，沒錯，我很有天分。」

「可那並不讓妳快樂？」我看著她纖細的手指，想像它們在琴鍵上飛掠，而她想逼自己犯錯。我突然想起，我意識到我完全是為了父親才拉小提琴的那一天。我之所以練習，純粹是避免讓他失望，因此當曲子演奏順利時，我唯一的感覺是鬆口氣。

阿嘉特搖搖頭。

「不，我痛恨它。我痛恨鋼琴，也痛恨聽他們談論我。他們一心只想表現給其他人看他們是多好的父母，根本就不是為我好。」

嚴格說來這次的療程已經結束了，但我不忍心打斷她。我真正想要的是和阿嘉特一起待在這裡，讓下一位患者等候；我想要看著她白皙的皮膚，想像它在我掌心底下是什麼觸感；想要問一個問題，並知道如果我用了正確的話語，我可以讓她好過一些。

然而她一定感覺到某種變化，因為雖然我既沒有動也沒有說話，她卻倏地坐直身體。她的頭髮凌亂潮濕，像是從沉睡中甦醒的孩子。

「我想今天就這樣吧，醫師。我們星期二再見。」

她很快地對我微笑一下，那笑容看起來更像是經過排練的鬼臉。

我點點頭。

「那就這樣吧，阿嘉特。今天很愉快。」

她的手在我掌心停留一會，便自行走出我的辦公室。我坐在有她餘溫的沙發上，吸入令人愉悅的長長一口氣。然後我呼喚卡梅太太進來，試著說服自己她也同樣重要。

雪

有一天我醒來時，整座城市被蒙上一層白色薄膜。我一向深愛冬天的靜謐，而且不管是星期幾，都寧可選擇下雪而不是出太陽。這次它來得出乎意料，因為現在已是春天正要轉入夏天之際，而這只讓我更加欣喜。

雪揭露了一個腳印構成的祕密世界：狗的腳掌、靴印和小小孩的腳，它們轉朝學校或經過診所繼續往市中心的方向走。

抵達辦公室，窗台上積了灰塵和死蒼蠅，我在辦公室進行了當天的頭幾次療程。在我內心深處，我詛咒所有折磨我患者的事物。我拿那些事物一點辦法也沒有，我要對付的包括冷漠的婚姻和藏在書架後頭的酒瓶，而說實在的，我每週只有幾個鐘頭的時間，去重建我的患者花了一輩子破壞的事物，所謂的治療又能期望有多少成果呢？

接著阿麥達太太來了。她的頭一碰到靠墊，嘴巴就馬上開始說話，我好奇如果我在她身後的椅子上默默地死於無聊，她是否會注意到。想想看，蘇維吉太太就快失去她的丈夫了，而這可怕的女人卻著魔般地計較她在買手套時是不是被坑了十分錢！

這個念頭讓一番辛辣的訓斥之詞沿著我的喉嚨往上，噴向我的患者：「夫人，這必須停止。」我打岔。男人有時候會把自己嚇一跳，而這就是一個例子。

「妳每次來都把所有時間花在告訴我其他人有多麼不堪，這簡直快把我逼瘋了！已經快要三年了，妳一直在抱怨妳丈夫有多懶惰，我說的話妳通通當沒聽見。到此為止吧！」

阿麥達太太彆扭地用手肘撐起身體，不可置信地瞪著我。她下巴下的鬆垮皮膚微微顫抖著，眼睛睜得老大。

「我想我們應該做個實驗，夫人。妳來這裡顯然沒有多大好處，所以我提議試點新花樣。到下星期我們再見面之前，我要妳避免所有煩擾。妳必須跟妳丈夫說他要負責家務，因為妳奉醫囑休息，然後我要妳享受天氣，看看書，或是做妳想做的事，花時間跟好朋友聚一聚。」

阿麥達太太臉漲成紫紅色，氣急敗壞：「可是伯納德不會煮飯！他不會洗衣服燙衣服。伯納德什麼都不會！」

我聳聳肩。我一點都不在乎伯納德怎麼樣。

「不給他個機會，我們永遠不知道。」我用我能擠出來的所有和善態度說：「這只是個實驗，不會有什麼壞處。妳就盡量執行，我們下次來評估結果。」

阿麥達太太又盯著我看了幾秒鐘。她看起來好像試著要闡述什麼，卻不知該從何說起，因為現實已經脫離了她的掌控。我起身，表示對話結束。她機械化地跟著我走到門口。

「唔，我這輩子還沒聽過這種事，醫師。」她終於設法說出這句話。我必須憋住笑。

「我想我們需要改變一下，夫人。妳不覺得嗎？」

她最後再懷疑地瞟我一眼，把包包用力壓在胸前，好像我曾試著偷她的東西，然後穿著長裙的她邁著小碎步離開辦公室。

她走了以後，我在想我會不會再也見不到她，不過我對此採懷疑態度。她需要有人見證她的苦難，否則就沒有意義了。而且如果她不來這裡發牢騷，她要去哪裡？

這天結束了，我只剩關閉診所這件事要做。這時恐懼再次向我襲來。我的脈搏在身體裡振動，彷彿我是被一個憤怒的作曲家拿在手裡的音叉。要不是因為已經發生過很多次，我應該會以為自己死定了。從辦公室走到候診室的路上，我必須不時停下，在患者椅子處坐下來深呼吸，不一會兒卻又站起來，因為我受不了待著不動。

我的腿在顫抖，但我總算把阿麥達太太的檔案和今天畫了一半的圖畫歸位，然後我走到外頭接近傍晚的天色中。像紙一樣薄的雪仍像補丁一樣鋪在屋頂上，潮濕的泥土上露出一段段黑色和綠色，寒風拉扯著我的肺。

我皮膚上的汗慢慢乾了。我牢牢握住手杖，在城市中移動，直接朝家的反方向走，直到離她家只剩幾公尺遠時，我才容許自己意識到我做了什麼。要是我能看她一眼，我就會好多了。這一點我很肯定。只要我能看見她真實存在。

但阿嘉特不在。在那裡的是個太陽穴很高的瘦男人，他正坐在餐桌邊看報紙。朱利安。我感到強烈的反感：她看上他哪一點？她為什麼跟一個根本不能讓她幸福的男人在一起？

就在這一刻他抬起頭。在被延長的這一瞬間，我直接望進他淡色的死魚眼——好吧，老實說，那可能只是藍眼珠——然後我逼自己離開，匆匆穿過城市折返，內心混雜著羞辱和憤怒的情緒。

阿嘉特（九）

「阿嘉特，妳究竟在怕什麼？」

「噢，我已經搞不清楚了。我們大家都在怕什麼呢？」她絕望地把兩手一拋。「我想是生活本身變得危險吧。我害怕演奏音樂，害怕停下來，害怕靠近別人，害怕一個人待著。哪裡都沒有我的容身之處！」

「但妳必須努力，阿嘉特，」我說，「生活是由我們所做的事構成的，而妳卻什麼也沒做。」

她哀鳴一聲，不悅地變換姿勢。「可是如果一切又都變得混亂，我應付不來。到目前為止它什麼也沒做，可是它就是令人無法忍受！」

一股出乎意料的溫柔襲向我，我必須抗拒伸出手的衝動。

「可是，阿嘉特，妳認為生活是什麼？」我輕聲問道。

「什麼意思？」

「在我看來，妳認為好的生活有某種公式，只要妳沒有找到那種公式，妳就不如停止生活算了。我說得對不對？」

她猛地坐直身體，側對著我，兩手揉捏著她膝蓋兩側的座墊。

「我認為人生苦短，卻又遙遠漫長。短到不夠學會該怎麼生活，長到每過一天，身體的衰敗就變得愈來愈明顯。」

她的嗓音像在吟誦，她顯然情緒低落，但我不能讓我對她抱持的想法，變成妨礙治療的弱點。

「妳怎麼知道妳是個失敗者？」我追問。

她搖搖頭，喃喃地說：「相信我，這種事你會注意到的。」

「妳是拿妳自己跟誰比？」

「跟我應該成為的女人比。」她用兩手狠狠抹臉。「我累了，醫師。我們今天就到這裡吧。」

我們目光鎖定彼此。她看起來悶悶不樂，還是我把自己的想法投射在她身上？我想像我伸長手，撫摸她的頭髮，而她靠向我，讓我擁抱她，直到所有距離都消失，我能輕聲說我懂她，說我至少跟她一樣害怕。

然而我們只是道了再見，她把我留在椅子上。我數算她穿過房間的腳步——我走八步的距離她跨了九步——聽到外側的門在她身後關上，發出金屬相碰的聲音。

愛

剩下兩百零二次療程的那一天，我醒來時覺得很熱，身上紅紅的一塊一塊，被子和鴨絨被都被汗沾濕，皺成一團堆在牆邊。倒數計數在我的夢裡追我，我在夢裡茫然地跑來跑去，試圖在我們走向死亡前拯救我所有的患者。然而，不管我在蓮蓬頭下站了多久，都甩不開那種四處奔忙的感覺。一切很快就會結束了，然後呢？我真的有在能力範圍內盡了一切力量去幫助他們嗎？

我抵達診所時，在門口暫停了一下，打量室內。是不是有股奇怪的氣味？有點像我在冰箱裡忘了什麼東西，某個在後頭融化成濕淋淋一灘的東西。還是我沒有倒垃圾？我鮮少去思考這方面的事。以前是蘇維吉太太會打掃和更換洗手間裡的毛巾，她也常常買花插在花瓶裡布置在各處，少了她，診所正緩慢但確切地在我周圍瓦解。患者們在沙發上換位置，彷彿遵循著某個具備正確視角的人或許能參透的細微模式。我想到湯馬斯。我們見面時有種開誠布公，我很希望能把這種態度帶入我的療程。死亡迫使我們（至少感覺是這樣）跳過一連串步驟，直搗重點，但是難道沒有死亡來攪局就辦不到了嗎？

奧利弗太太在思考愛的概念時，我繼續沉思。也許在辦公室這裡建立真誠的關係是不可能的，因為其中一人付錢給另一人，好讓他聽自己說話。而且根據定義，患者有病，我則有辦法治療他們。

「我覺得我對我丈夫的感覺其實不是愛。」我聽到奧利弗太太宣布，「雖然我們經常說我們愛對方。人會說很多事。」

「唔。」我喃喃道。

「另一方面，我寧可跟他在一起也不想獨自一個人。這一定代表什麼吧。」

我再次嘟噥，思考這除了她害怕獨處之外還會有別的意義嗎。

「也許，」奧利弗太太嘆氣，「要是我多愛我丈夫一點，我就不用每天都把所有銀器重新擦一遍了。」

聽了這話我忍不住笑出來：「夫人，妳可別這麼說。我覺得妳應該試著多愛自己一點。」

奧利弗太太吃了一驚，露出微笑。

「我以前從沒這樣想過呢，醫師。」

***

到了下午六點，我已經在午餐前跟四位患者談過，在午餐後也跟四位患者有過對話，但我並不累。與此相反，我想跳舞，想拔掉我的老骨頭，把握機會再當一個年輕剛強的男人。儘管這聽來老套，但我深切地想成為一個對某人有意義的人。

我異常地躁動，無法下定決心回家去，於是漫無目標地在診所內遊走。先是沿著大房間的牆壁走，經過蘇維吉太太的椅子，我用手指滑過漂亮的櫃檯，然後回到我自己的辦公室。我真的很喜歡這個地方。我在這裡第一次發現有東西屬於我，還有我甚至可能擅長某些事。我為什麼讓它溜走了呢？我只是懶惰，還是我真的太自大，以致於變得對別人的悲劇生厭？

我走到窗邊，向外瞥向空曠的街道。感覺窗檯涼涼的木頭抵著我的掌心，身體微微前後搖晃。然後我整個人靠向前，直到額頭碰到玻璃，我能感覺到皮膚與窗板相觸的位置，有血液在搏動。

決定

　　早上七點三十五分，天空是高掛在我上方的冰藍色原野，一群穿著熨過的制服、頭髮梳得服貼的孩子們在打打鬧鬧，彼此較勁，看誰能不被推到馬路上去。他們一定是要去城市另一邊的聖保羅學院，而剛剛跟他們吻別的一群母親中，肯定有一些人這些年來曾坐上我的沙發。突然間，有個清亮而稚嫩的嗓音緊貼在我身後，喊道：「早安，先生！」

　　是四號的小女孩。她以一種腳步輕快的、淘氣的蹦蹦跳跳方式，幾乎是跳舞般地經過我身邊，我還來不及回應，她已經沿著街與我拉開距離，她的書包在她背後上下跳動。

***

我一看到我那位於馬路盡頭的診所，就知道蘇維吉太太還是沒有回來。那種空洞簡直就像是從磚牆中散發出來。這是全面性的孤寂，我心想。不確定我指的是否只是我自己的孤寂。

一天剛結束，當我暫時把八個資料夾放在祕書的櫃檯角落時，我的腦子裡就做出了一個決定。這個念頭或許是在夜裡形成的，而現在它使我在花店停留。我其中一位患者的丈夫好心協助，幫我挑了一束我不知道名字的花，然後我被護送著穿過帕維永街，登上擁擠又臭烘烘的三十一路公車。在路上，我回想第一次見到蘇維吉太太的情形：

當我意識到我不能同時扮演醫生，又處理診所所有的行政事務時，我就在本地的報紙登了廣告，而她回應了廣告。我空出一整天來面試，可才見了三個應徵者，我就已經準備好放棄找到我能忍受並一起工作的對象。

然後她來了。她穿著無可挑剔的長裙和相配的外套，頭髮向後紮成緊實的髮髻，我從沒看過她梳別的髮型。基於某種原因，我也非常清楚地記得她的棕色皮鞋，有個方形的矮跟，前端有扣環，從她受我僱用以來，這雙鞋她穿了起碼五年。

我要她用打字機聽打，她快速且正確地完成了，然後我問起她之前的工作經歷。

「我從十二歲開始在我爸的店裡幫忙，我負責帳目，還有謄寫他要寄給供應商和客人的信件清稿。十九歲時我在一位律師那裡找到工作，從那之後我就負責安排他的時間表、所有文件、整理檔案等等。」

她遞給我一張摺得整整齊齊的紙，上頭寫著關於她工作成果的讚美之詞。

「請儘管聯絡他來確認我的工作品質。」

隔天我通知當時還是畢諾特小姐的蘇維吉太太：她得到這份工作了。

＊＊＊

直到公車從它前面經過，我才看見那棟花園柵門上有個鑄鐵數字十二的紅色房屋。令我自己都感到詫異的是，我對著司機大叫我要下車。能夠逃離那一大堆緊密如沙丁魚的人體，真讓人如釋重負，一下車我便幾乎是瘋狂地用褲子抹手。

僱用她幾年後，我聯絡了波納維先生，也就是蘇維吉太太列為她前任僱主的律師。我想詢問買下這間診所的可能——在當時我一直是用租的——結果萬分驚訝地發現，當我在讚美我們共同的祕書時，他說他從來沒聽過這個人。我始終沒向蘇維吉太太提起這件事。她的工作無可指摘，發現她的祕密讓我有種奇異的愉悅。這個祕密既是我們兩人的，也是我一個人的，而她的謊言只是讓我更加尊敬她。

***

「妳好，夫人。」

我鞠躬並舉起帽子，我並沒有想清楚就來訪，於是突然間我不知道該如何自處。蘇維吉太太盯著我，好像她忘了我是誰，我遲疑地清了清喉嚨，把重心從一條腿換到另一條腿。我意外地發現她看起來變了許多。她似乎掉了好幾公斤，凌亂的髮髻岔出一撮撮頭髮，髮絲間摻著我先前未注意到的灰色。

我想起我濕黏的手裡仍緊握的花，便將它遞給蘇維吉太太，如同把手杖遞給她一樣。也許她也想起了舊習慣，因為她接過花束，這似乎幫助她記起怎麼當一個人。

「非常感謝你，先生。我馬上把花插在水裡。」她說，讓到一邊並打開門。「請進來吧？」

咖啡

「妳一定想像得到，妳不在讓我相當手忙腳亂。」我起了個頭——這是我在公車上想出的句子。我形容她櫃檯上的資料夾如何堆積如山，還有有多少患者關心她和問候她。

「真貼心，」她露出無力的笑容。「但我得說我不懂把檔案歸位能有多難，畢竟你也知道，它們一直都放在同一個櫃子裡！」

被訓斥的感覺真好，蘇維吉太太說話時臉頰微微泛紅。

「我已經為你工作超過三十年了，幾乎沒有休假，而現在整座紙牌屋都搖搖欲墜，只因為我擅自——」

她迅速用手掩住嘴，我們默默地坐了幾秒。然後她突然站起來。

「咖啡？」

我看著她忙東忙西。她的動作比在診所慢，而且不知怎的比較沒有效率，這讓我既難過，又同時覺得光榮，因為我被允許看到這樣的她。

「你真好心，又來看我們。」她說，仍然背對著我。「湯馬斯很感謝你上次來訪，他最近似乎比較平靜了。」

「聽妳這麼說我很欣慰，」我回答，並搖搖頭，「但我覺得主要是他幫了我。他今天狀況如何？」

「他剛剛睡著了，」她回答，把咖啡壺放在托盤上，「他昨夜很難熬。很多夜晚都很難熬。」

她端著托盤來到桌邊，把幾疊報紙推到一旁，然後將碟子、杯子、糖、牛奶罐和咖啡放在我們面前。

「這種情況持續多久了？」我問。蘇維吉太太控制住動作，把她面前的桌布撫平幾遍，嘆了口氣。

「從我請假前好一陣子開始的。湯馬斯說肚子痛已經好幾個月了，但他不肯去看醫生。等我們終於去看了，他們卻只一口咬定已經沒救了，不如把他帶回家吧。我就在那時候決定留在家裡陪他。」她抬起頭，眼睛亮閃閃的。「說真的，他隨時都會死。」我點點頭，低頭看著她的手，它擱在我面前的桌上。它看起來像某人從天上丟下來的鳥。

「湯馬斯是個好人。」我說，再次驚詫於語言的貧乏。蘇維吉太太跟湯馬斯一定已經結婚超過二十年了，現在他就在我右邊那道牆的另一側步向死亡，而我能想到的話就只有他是個好人。

不過蘇維吉太太只是點點頭，給我們兩人倒了咖啡，然後把腳蹺在離她最近的椅子上。

「仔細想想。」她說，幾乎是好奇地說，同時她瞇起眼睛打量我。

我不自在地在座位上換姿勢。

「仔細想什麼，夫人？」

「唔，就是你來了這件事。」她說，垂下目光吹涼咖啡，然後啜了一口。「就這樣來了。我絕對不會相信有這種事。」

我伸手拿咖啡，對她微笑。

「這是我最起碼能做的。」我說。

阿嘉特（十）

她坐在窗邊，初夏淡淡的陽光灑在她髮上，她看起來像是距離很遙遠的人。如果你不知道內情，你是不可能看出她生了病的。有很長一段時間，我就只是站在那裡凝視她，然後我振作了一下。

「午安，阿嘉特，」我說，「進來吧。」

「謝謝。」她回答，經過我身邊進入辦公室。「你今天看起來很憂鬱，但是你一向如此。你憂鬱嗎，醫師？」

這問題很單純，但從沒有人問過我。我感覺像肚子被人猛揍了一拳。

「我……」我開口，突然間我的喉嚨變得很乾，我得先吞口水才能繼續：「我沒有仔細想過。」

「你沒有仔細想過？」她在沙發邊緣坐下，挑戰般地看著我。她的大眼睛離我太近了，我要費很大力氣才能轉移視線。

「沒有。」我說。

她皺起額頭：「可是，醫師，你一輩子都在減輕別人的痛苦，怎麼可能對自己的痛苦視若無睹？」

該死的高溫。我願意付出一切代價去打開一扇窗，但我的腿感覺軟弱無力，所以我待在椅子上，同時，有一種燒灼般的熱力從我的胸腔中央往外擴散。

「我大概培養出了某種能力，每天傍晚離開辦公室時，聳聳肩就把那些問題拋開。」我用我希望聽起來很閒適的語氣說，「但妳今天感覺怎麼樣呢，阿嘉特？」

「你不想回答嗎？」她追根究柢。「如果你連你自己的狀態都不清楚，你怎能聲稱了解別人？」

她盯住我的眼睛，我的身體愈來愈往下沉，同時鉛筆、筆記本和所有教科書都消失了，直到最後，我變得赤裸裸的。一個將近七十二歲、滿懷恐懼的男人，眼鏡上有霧霧的抹痕，鬍碴長得不像話。

感覺像是過了久得不可思議的一段時間後，我才回答：「唔，我想我是不能。妳說得對。」我把雙臂往上一拋。「我根本不知道是什麼讓人們運作正常！妳有什麼想法？整件事都是在裝模作樣！」

阿嘉特用鼻子呼氣，介於哼氣和嗤笑之間：「好吧，唔，你太誇張了，醫師！我在你之前跟很多醫界人士聊過，而真正聽我說話的人少之又少。我非常感謝你的幫忙。」

我完全搞不懂，我們不是剛同意我是個騙子嗎？

「光是來到這裡，跟某個實際上對我感興趣、而且不只是說我應該住院的人談話，這就有很大的意義了。你難道沒有發現嗎？」

我搖頭。

「事實就是如此。但是我還是不能理解，如果你甚至沒考慮過你自己可能面臨困境，怎麼還能坐在這裡，自稱是心理疾病的專家。」

我的聲音終於回來了：「可是妳憑什麼認為我面臨困境？」

「我該從哪裡說起？自從你的祕書請假以來，你就愈來愈亂七八糟了。這裡面有股怪味、辦公室一團亂，而且我覺得，你從我第一次見到你以來，一直都穿著同一套西裝。」

她微笑，露出尖下巴，不過又正色繼續說道：「當然還有你的手會發抖的事。」我訝異地低頭瞥了一眼我有老人斑的手。「但真正洩露你祕密的是你的臉。即使你微笑時你都是悲傷的。」

嗯，對，我心想，大概被她說中了。但我能怎麼辦呢？讓我失望的是人生本身。

「妳認為我為什麼要坐在沒人看得到我的這後頭？」我問，試著不要徹底失控。

「啊哈，」她惡狠狠地指著我，「現在一切都開始說得通了！」

我發出不像我聲音的笑聲，又或許那是我不認得的笑聲，但是被阿嘉特看見有種自由的感覺。

「好，所以你是會笑的。」她說。「真討厭，這表示我欠朱利安一頓午餐。」

游泳

恐懼正潛伏著等待。阿嘉特一離開辦公室，它就漫過我的腳。還要度過嚇人的數個小時，我才能躺下來睡覺，光是想到要逃離恐懼那麼長時間就讓我疲憊不堪。

回家途中我買了麵包和火腿當晚餐。銷售助理的樣貌異常模糊，我無法讓他的五官聚焦，我的脈搏在耳內轟隆作響。

「九十分錢，先生。」

我遞給他一些錢，轉身離開。

「先生，您的找零！」我聽到後方某處傳來聲音，但我被鎖定在我無法停下的動作裡。

我的胸腔內在劈啪作響，與其說是決定，不如說感覺到我的腳步正帶著我朝湖泊走，而不是直接回家。阿嘉特，阿嘉特，我腦中有個聲音唱著。突然間我的腳前面有水。即使當寒意竄入我的鞋子，我也沒有退縮。

再一步。地面既堅硬又具可塑性，水在我小腿一半的高度拍打，我這輩子還不曾有過如此舒心的感覺。冰冷滲透進我的長褲，穿過我的皮膚，深入炙熱的恐懼。水深及於我臀部時，我讓自己往前滑，然後往下潛，將汗涔涔、緊繃的身體整個浸入水中。

「啊——」我嘆息，翻身仰躺。接著以我早已忘記的、充滿自由感的從容游向湖中央。

小事情

今天第一位患者正是阿麥達太太，我在心中提醒自己：看完她以後，我正好剩下一百次療程。自從我用我的實驗殺得她措手不及以來，這龐大的女人就未曾出席過我們任何一場約診，我開始認為我或許錯看她了。

然而，她就這麼突然地出現了。她的嘴巴抿成薄而嚴肅的一條線，她的跟鞋控訴般地敲在地板上，而最驚人的是，她沉默不語。

「所以，妳這幾個星期還好嗎，夫人？」我開口。

她聳聳肩。

「上回我交給妳一項艱困的任務。也許妳可以告訴我結果如何？」

她短促地瞟我一眼。

「沒有用。」

「好吧，但那也是一種結果。」我鼓勵地說，「是怎麼個沒有用？」

「喔，根本不可行。完全愚蠢！」

她再次抬頭看我，像個好鬥的孩子，下顎凸出。我努力憋笑。

「你根本不了解伯納德，」她繼續說，「而且我開始覺得你也不了解我！」

「是嗎？」

「就是！如果你了解，就絕對不會建議我休息一陣子。我唯一能獲得平靜的方法就是找事情忙。」

「啊哈。」我微笑。

「啊什麼哈？」她啐道，「你就只會坐在那裡發出『唔』和『啊哈』，那對我有什麼用？」

她說得也許有道理，但我今天不會讓她這麼輕易地脫身。

「再提醒我一次妳需要什麼幫助，夫人？」我問。

「噢，老天，這簡直不是可笑足以形容！」她口沫橫飛，「都過了三年，你現在還問我這個問題？」

「我以為妳來這裡是為了控制神經緊張的問題。我們從妳的童年到妳的呼吸，什麼都討論過了，一點成效也沒有，所以符合邏輯的下一步，勢必是把焦點擺在現在，擺在學著不要太把小事放在心上。但妳不肯照做。所以現在我問妳：妳真正要我幫妳什麼？」

阿麥達太太垮了。她寬闊的肩膀洩了氣，背部保護似地彎向一層層的肚皮。

「如果妳想好轉，夫人，我看到兩種選項。它們甚至可能需要雙管齊下。其一，不要再把全副精力投注在日常生活中的瑣事，並減少妳的固定家務；其二是尋找賦予妳人生意義的事物。」

她在聽，這部分是確定的。也許她還不了解我在說什麼，但她在努力。

「我的意思是，妳應該開始花時間去做對妳真正有意義的事，比購物和打掃更重要的事，讓妳快樂的事！或者，」我倉促地補上一句，「至少是妳感興趣的事。那麼所有小事情可能就會開始顯得不重要了。」

「所有小事情？」她問，她垂著頭，下嘴唇在顫抖。

「對，」我回答，「妳不辭辛勞地用那些事情填滿所有時間，事實上它們只會讓妳生氣。人生肯定不是只有這樣！」

阿麥達太太吸了吸鼻子，然後她遲疑地點點頭，抬頭看我。

「你知道嗎，聽你這麼說還真奇妙，醫師，」她表示，「我一直都有同樣的想法呢。」

清理

那天傍晚，我突然發現自己很難安於接受「我的家萬年不變」的概念。我環顧四周，發現雖然所有東西都很熟悉，它們卻同時讓我感覺礙眼且格格不入。我驚覺，自成年以來，我從未添購過任何一件新的居家用品。連一把叉子或是新的床墊都沒有。

所有東西要不是繼承而來，就是我父母給我的。我留著它們是因為堪用。

我從父親的畫下手。我一幅一幅地把它們從釘子上取下。當我這麼做的同時，我愈來愈訝異我的牆壁其實已嚴重褪色。

總共有七幅畫，當我閉上眼睛，這七幅畫我都記得比我父親的面貌更清楚。其中幾幅年紀比我還大，它們一直掛在那，而我從未想一想我是否真的喜歡它們。接著我轉向五斗櫃。我已經很多年沒往裡看了，我帶著某種程度的好奇，仔細檢查抽屜裡的東西。我的父母並不是多愁善感的人——譬如說，他們從不會像一般父母講些我小時候做的糗事。但是我在一個抽屜裡找到一盒我的乳牙，而在父親的幾幅畫裡，隱約可看出某個人的樣貌，而我一直都知道那個人就是我：沙地上一個孩子的小腳印，遠處森林樹木間一高一矮的兩個人影。

我在最底層的抽屜找到一塊布，我開始把我打算丟掉的東西堆在布上。頂層的抽屜卡住了，我硬把它拉開。結果它裝著父親的一些美術用具：彩色粉筆和油彩，整齊收在袋子裡的畫筆，和兩本完整的素描簿。我也找到裝在錫罐裡的特殊鉛筆，只有我們一起畫畫時父親才讓我用這些鉛筆。

最頂端的小抽屜裡裝著我父母通信的信件，那是母親從英國搬來前留下的；另外還有一些照片、早已停產的一把拆信刀和裝在白色紙袋裡的郵票。大部分東西去了垃圾堆，然後我朝黑色筆記本伸出手，那是我在中間的抽屜裡欣喜發現的東西。多年前我會在接近傍晚時使用這些筆記本，那時最後一位患者剛把門帶上，而我反正沒有更好的事情可做，就跟自己討論病例。練習傾聽，筆記本的某處寫道。我想到年輕的自己，坐在那思索該如何精進他的專業，不禁默默感到針刺般的遺憾。我用食指撫過紙上熱切的文字。筆跡是一樣的，但那個人趁我不注意時已變成了另一個人。

我用同樣的姿勢坐了很久，快速翻閱筆記本，愉快地回味良好的觀察力，並追憶特別困難或討喜的患者，直到我終於受不了了。我每一處都痛。

我疲憊地坐到床沿，懷疑我是否還有力氣刷牙。我往後靠，直到躺下來的那刻，我的腿仍掛在床外，腳踩在地上。半夜時我以這個姿勢甦醒，到處都有痛性痙攣，我勉強脫掉鞋子、爬到被子底下，又睡著了。

隔天我醒來時，身體痠痛但美妙地輕鬆。我在客廳吃早餐。少了那些畫的客廳看起來光禿禿，卻煥然一新，像是希望被填滿的畫布。我離開房子時拖著一個大袋子，我把它丟到幾條街外的垃圾場了。

一九二八年五月十二日，四號筆記本

一般評論

坐在患者後頭的效果不錯，他們會更暢所欲言，建立更深的連結。多讀一些解夢的資料。該如何理解川布萊太太一再夢到掉牙齒呢？

我的風格

試著少問一些問題，給患者多一點空間。開放式和封閉式問題的差異：問問題是為了理解，不是為了操控。艾倫談到他妹妹，她在他面前溺死。在治療時該如何處理自己的悲傷？不希望發生移情的問題，所以我什麼也沒說。冷漠與專業的界線何在？

艾倫：朝創傷的中心移動。失去他妹妹，有罪惡感，且感覺缺乏母親的愛。繼續。

川布萊太太：牙齒能否解讀為喪失力量？在不幸福婚姻中的無助？

蘇菲小姐：還沒有太多進展，她在表面兜圈。必須更積極引導。

羅倫特先生：非常嚴重的強迫症。帶自己的毛毯來鋪在沙發上，而且每次都會洗。肛門滯留人格？

米納太太：非常貼心。也許就是太貼心了，所以從來不表達主見，讓我主導一切——反映了她在現實世界的行為？

里切特爾先生：憂鬱症。幾乎不說話。發生什麼事？？

阿嘉特（十一）

我得撐過六次療程才能輪到她。我在腦中重播了好幾遍我們最後一次的對話，老實說，我不知道會怎麼樣。我們能像之前一樣嗎？還是在我崩潰之後，她就失去了對我的尊敬？

我打開門叫她進來時，她正靠在牆上，望著窗外。

「夏天好像趁我不注意時悄悄地來了，醫師。」她邊說邊轉向我，「幾週前還在下雪，現在所有事物都色彩繽紛。」

我望向馬路。她說得對：樹叢恢復生命力，轉為排山倒海的綠色，草坪上的草則茂密生動。等我脫胎換骨成為領養老金的一員，已經會是盛夏了。

我在阿嘉特身後坐下，若有所待地等著，而她則靜默地躺了幾分鐘。等她終於開口，聽起來像她早就在嘴裡醞釀出這些話，並且含著它們走來走去，直到可以在這裡把它們從嘴裡釋放出來：「醫師，你記得有一天你問我在怕什麼嗎？」

「記得。」

「你可能已經猜到了，我父親會摸我們。主要是我——我先出生——但也包括薇若妮卡。有時候我經過他的椅子，他會抓住我，我逃不開。然後他會開始亂摸，從我的大腿，往上，到我的腿中間，繞過我的屁股，越過我的胸部，到我的脖子，最後他用我的臉當結束。」

她艱難地吞了口口水，在描述他手的路徑時，她的嗓音平板而疏離。當她說話時我內心漲起反感。她說得對——我察覺到可能是這麼一回事，但我還是怒火中燒。我聽過虐待的案例，但這件事更細微，掩飾得更巧妙。

「他總是在我臉上花最長時間，尤其是我的嘴。我不能讓自己哭，因為他會安慰我，那幾乎讓狀況更糟。」

我想到她父親，那有雙瞠視盲眼的臉為此露出滿足表情，還有阿嘉特稚弱身軀在他的手底下變得僵硬，便不禁繃緊下巴。我發現我把鉛筆緊捏到手都痛了，於是放鬆手掌。

「實在太噁心了。」阿嘉特繼續說，「我痛恨這件事，但我母親說這很正常，這只是他用來看的方式，說他在試著了解我是誰。」

「這種情況什麼時候停止？」我問。

「其實沒有停止，我只是離開家了。後來變得比較容易避免，因為等我終於回去探望他們的時候，家裡通常還有別的客人。他十年前去世了。」

「那妳母親呢？」

「她還住在那裡。」阿嘉特嘆口氣，「我一年去看她兩、三次，可是常常……」她在思索正確的詞。「唔，我們最後陷入僵局。」

「聽起來妳母親和妳父親一樣盲目。」我說。希望她沒聽出我的嗓音在顫抖。要是可以，我會把她父母都狠狠揍一頓。

「其實我覺得我母親很清楚他在做什麼，」她回答，「但我想不透她是不在乎，還是她根本就喜歡看到我受苦。」

我突然心生一念。

「阿嘉特，妳還記得妳夢中的單筒望遠鏡嗎？」

「記得。」

「妳現在能看出我們當時不明白的事物了嗎？」我興奮地傾向她。

她遲疑著：「不……你指的是什麼？」

「我指的是單筒望遠鏡就是妳最基本的矛盾！」

我現在幾乎在叫嚷，但我急切到無法停止：「妳最想要的莫過於被看見——否則妳不存在！妳父親用他的手所看見的東西是妳後來所痛恨的，而妳母親任由這事發生，即使妳就在她面前裂成碎片。妳不懂嗎？妳的父母讓妳對自己視而不見！」血液在我腦中轟隆作響，我再次看到阿嘉特坐在她白房子裡的椅子邊緣，臉上帶著任何人都不該露出的表情。

她的嗓音很脆弱，用像是屏住呼吸的語氣問道：「可是那代表什麼？」

多麼單純的問題。我回答的時候，痛苦地意識到我在退休前還剩下整整七十一次療程，而其中只有六次是跟阿嘉特。突然間，那個一直都太高的數字感覺低得嚇人。

「那代表妳必須學習看見妳自己，阿嘉特。」

人物／背景

喪禮辦在某個週日上午。蘇維吉太太用郵件寄來正式的邀請函，而我找不到充分的理由不去。

所以我就站在陽光下，手心濕黏，穿著散發樟腦丸氣味的黑色喪禮西裝。人們魚貫經過我身邊，進入和我父母結婚、下葬的同一間教堂。弔唁者多半都是年長者，他們穿著深色衣物，表情恭敬，許多人都向我打招呼，雖然我們只有一面之緣。

我在我父母的喪禮上也有同樣的經驗：我記得當時許多人跟我握

手表示慰問，他們的眼光要求我拿出我無法逼上表面的東西。你了解死亡嗎？

這時蘇維吉太太來了，她就在我面前停下來。我伸出手。

「節哀。」

她握住我的手，點點頭。她比我上次見到她時還消瘦，不過她與我四目相交時，眼神是平靜的。

「謝謝你。」她說。

她踩過碎石路，發出嘎扎嘎扎的聲音，那是通往教堂的最後一段路。一時間，我把這畫面凍結起來：身著黑衣的女人，前方是白色教堂。她跨入雙開門時，黑色消融在黑色中。

我跟著我的祕書進入教堂，在長椅上坐下，椅子的木材已被磨得十分光滑。室內很涼爽，經過外頭悶熱的空氣，這裡的石頭、木頭和蠟燭的顯著氣味給人乾燥的感覺。其他氣味漸漸出現：女人的香水味、男人的髮油味和百合令人反胃的甜香。

蘇維吉太太現在會回到診所，協助最後的正式手續嗎？我去拜訪時不敢跟她討論這件事，但離我退休只剩一週半了，一切都必須預作安排。剩下的患者必須做個結束，或是轉診至別處；檔案必須整理好，才能轉交出去或是歸檔留存。而且跟診所新主人的合約還沒有做最後的確認，少了她，這會是無法克服的任務。

我再次試著專注在喪禮上。教堂前方擱著內側襯有絲絨的棺木。我好奇他在裡頭看起來如何，以及他最後是否心甘情願地離去。有個聲音告訴我他是。

我一直坐在位置上，待完整個儀式、牧師講道和唱四首聖歌，雖然我喉嚨不湊巧地痛起來，讓我沒辦法一起唱，而且討厭的花香愈來愈濃。像是疼痛的東西停駐在我眼睛後方、鑽到我皮膚底下，當八個穿著剛熨過的西裝的男人把湯馬斯抬出去時，我內心有什麼東西崩潰了。

一聲哀鳴從我喉嚨升起，我感覺自己的臉皺成一團。我出於本能地用手掩住，但我的淚水仍洶湧而來，我得用力咬我的拇指，好扼住想要突圍而出的悲鳴。

我感覺到有一條手臂摟住了我的背，讓我嚇得跳起來。我的直覺反應是想把它甩開，但我沒有動。更讓我自己訝異的是，我反而繼續坐在堅硬的長椅上，讓陌生人摟著我，哭個不停。

和平

喪禮隔天，我下班後去饕客買做蛋糕的食材。

我進到店裡、拎起購物籃之後，才意識到自己根本不知從何開始。幸好櫃檯後頭站著一位用藍點絲巾裹住頭髮的年輕女子，她正往大罐子裡裝硬糖，所以我走向她，清了清喉嚨。

「不好意思打擾了，請問妳能告訴我怎麼做蛋糕嗎？」

女人大笑，露出兩個完美的酒窩。「當然可以。你想要做哪種蛋糕？」

「這是個好問題，」我說，「有加蘋果的？」

「蘋果蛋糕，這我們能辦到。跟我來！」

她領著我穿過貨架，找到麵粉、糖和小塊奶油，給我一根肉桂聞一聞，然後往我的購物籃裡放了一些很大的棕色雞蛋。

「蘋果在那裡，」她說，指著幾個裝著各色蔬果的大籃子，「你已經有小豆蔻了嗎？」

「恐怕我只有一點麵包和一塊不新鮮的起司。」

女人又笑了。「那麼應該是擴充你存糧的時候了。」

她協助我補齊剩餘的食材，同時解釋她父親每天早晨都送新鮮雞蛋到店裡，而我要做的蛋糕用的是她已故祖母的食譜，她祖母是遠近馳名的廚藝大師。

「你做蛋糕的目的是什麼？」

「它算是一種求和的表示。」我解釋，她點點頭，彷彿這是天底下最正常的事。

所有東西都裝進棕色紙袋後，我一再向她道謝。

「這是我的榮幸，」她微笑，「你有紙嗎？」

她拿著我總是裝在包包裡的鉛筆和筆記本開始寫字。

「然後你只需要讓它徹底冷卻，再端上桌。到時候它就準備好成為講和的籌碼了。」

***

到處都是麵粉。我沒有攪拌器，所以即使我使出吃奶的力氣去攪拌，也幾乎不可能把所有硬塊都弄不見。不過我完成之後，渾圓而香氣撲鼻的蛋糕，被好好地放在我母親留下的舊錫器裡，半月形的蘋果片排成螺旋形，我幾乎喜不自勝。

我按門鈴時心臟咚咚跳。門開了，如果他很訝異看到我，那他也掩飾得很好。

「午安。」我說，刻意誇大嘴形，「我做了蛋糕。」我朝盤子點點頭，然後遞給他。

我總算能好好地看一看我的鄰居。我猜他六十來歲，身材比我矮胖。他穿著一件洗到褪色的睡袍，有著亂糟糟的灰髮，脖子上掛著一副有一吋厚鏡片的眼鏡。也許我打擾他看報紙了。

由於他只是困惑地站在那眨眼睛，我用跟先前一樣過度清晰的咬字大喊：「蛋糕！」

他遲疑地接過溫熱的包裹，舉到臉前彷彿吸入氣味。他那疲倦的臉上閃現驚訝表情。然後他慢慢把手舉到心臟，用嘴形做出清楚的

「謝謝」。一時之間，我覺得他凸出的肚腩、耳朵旁豎起的小撮頭髮，看起來可憐極了。

你存在，我想要說。當你演奏的時候，我就在牆的另一邊聽著。

然而我只是點點頭，彆扭地舉起一手道別：「別客氣，回頭見！」

我回到自己家時，轉身看了一下。我很慶幸我這麼做了。我的鄰居仍站在打開的門口，把蛋糕壓在胸前，抬起手朝我揮舞。

蘋果蛋糕

把大部分奶油放在平底鍋融化，注意不要燒焦。

加進滿滿兩杯糖攪拌均勻，直到顏色變淡，邊攪拌邊加進四顆蛋。把四杯麵粉、一小撮鹽和一茶匙小蘇打放在大盆中混合，再加進一點小豆蔻，並折幾根肉桂和香草，視個人喜好刮一些碎片加進去。如果你想的話，也可以加一點牛奶。

攪拌均勻，瞧——你的麵團完成了。在模具上一層油，把麵團倒進去，然後將削好皮、切好塊的蘋果片牢牢壓進麵團。撒一點糖調味。

蛋糕應該用一百八十度烤至少四十五分鐘。烤完冷卻約半小時再端上桌。

祝用餐愉快！

家

有天早晨，我躺在溫暖的鴨絨被下，仰望著天花板上細緻的裂紋，腦中預演即將來臨的一天。我要看五個患者，而我發現在這當下，我對總共還剩下幾次療程毫無概念。

我到廚房燒了熱水。從抽屜取來一包紅茶，吸入它的香氣，然後把乾燥的茶葉倒進過濾器。我的鄰居醒著，他也在燒水，因為不久之後，我就聽到牆的另一邊，傳來他的開水壺鐃有特色的嗚嗚聲。然後我丟掉茶葉，在杯中倒入牛奶，在廚房的桌子邊吃了一頓倉促的早餐。與此同時，我納悶耳聾的人怎會彈起鋼琴來了。或許他以前是聽得見的。我某一天會問問他，如果我敢的話。

＊＊＊

「早安，先生。」

我太高興見到她了，以致於我這輩子第一次握住我祕書的肩膀，有點算是在擁抱她。

「妳回來真是太棒了，」我一邊放開她一邊叫道，「妳是回來了，對吧？」

蘇維吉太太羞怯地微笑，看起來像是第一次受到恭維的少女。

「你知道嗎，我想我是回來了。」她回答，「我在家沒別的事要做了，所以時候到了。」

然後她接過我的手杖——現在天氣已經熱到不用穿大衣，即使對我來說也是——我把帽子擺在架子上。

「我自作主張在行程表中加了一個新患者。」她漫不經心地說，同時走回她的座位。

「一個新患者？」我衝著她背後叫道，「噢，妳不能這麼做！」

「胡說，」她轉向我，說，「你總不會還打算要退休吧？」

她如此銳利地看著我，使我不禁遲疑。我停止工作後將如何運用那些時間，我始終沒有找到好的答案。倒數計數本身就是個目的，倒數完之後呢？空無一切。

然而，光是基於原則問題，我也拒絕這麼快就承認她是對的。我用我希望看似嚴厲批判的眼神掃她一眼，說：「蘇維吉太太，妳應該很清楚，妳在做這種決定前必須先詢問我。這樣實在不行。」

她看起來一點都不愧疚。

「我會考慮一下這件事，今天下午再跟妳說。」我說，我不得不佩服我的祕書，因為她點點頭並坐回她的寶座時，我幾乎看不出她的嘴角微微抽動了一下。

寬闊的櫃檯又恢復了極簡主義式的秩序。蘇維吉太太開始以嚇人的速度打字，眼睛定定地盯著面前的紙張。

阿嘉特（十二）

她走在我前方，大約十五公尺的距離。雖然今天熱得炙人、陽光耀眼，她卻從頭到腳穿了一身黑，髮間一條細細的黃色緞帶顯得醒目。我覺得她很迷人，可是現在這念頭應該已經很明顯了。

她走得很快、目標明確，我疲憊的老人腿吃力地想要跟上。但她突然間停住，霍地轉身。我緊急煞車。太陽熱辣辣地照在我背後那浸透汗水的襯衫上，我心想：唉，被逮到了。都結束了。誰都知道不該把治療和現實生活混為一談，看看榮格被整得多慘。

她就停在皇后大道那間咖啡館門口，現在她伸出一隻手，像是要推開玻璃門，另一手遮在眼睛上擋太陽。雖然人行道上還有別人夾在我們之間，雖然我上次躲起來不讓她看見的那座花園內，汩汩的人造瀑布是打開的，但她的嗓音卻清晰無比地傳到我耳邊，好像我的耳朵準確地對準了她的頻率。

「唔，醫師，」她腦袋輕輕甩了一下，朝咖啡館示意，「你來不來？」

【Echo】MO0077

我，和阿嘉特

Agathe

作　　者❖安・凱瑟琳・鮑曼 Anne Cathrine Bomann
譯　　者❖聞若婷
封面設計❖蕭旭芳
內頁排版❖張彩梅
總 編 輯❖郭寶秀
編　　輯❖江品萱
行銷業務❖羅紫薰

發 行 人❖凃玉雲
出　　版❖馬可孛羅文化
10483台北市中山區民生東路二段141號5樓
電話：(886)2-25007696
發　　行❖英屬蓋曼群島商家庭傳媒股份有限公司城邦分公司
10483台北市中山區民生東路二段141號11樓
客服服務專線：(886)2-25007718；25007719
24小時傳真專線：(886)2-25001990；25001991
服務時間：週一至週五9:00～12:00；13:00～17:00
劃撥帳號：19863813　戶名：書虫股份有限公司
讀者服務信箱：service@readingclub.com.tw
香港發行所❖城邦（香港）出版集團有限公司
香港灣仔駱克道193號東超商業中心1樓
電話：(852)25086231　傳真：(852)25789337
E-mail：hkcite@biznetvigator.com
馬新發行所❖城邦（馬新）出版集團【Cite (M) Sdn. Bhd.(458372U)】
41, Jalan Radin Anum, Bandar Baru Seri Petaling,
57000 Kuala Lumpur, Malaysia
電話：(603)90563833　傳真：(603)90576622
Email：services@cite.my
輸出印刷❖前進彩藝有限公司
初版一刷❖2023年1月
定　　價❖340元（紙書）
定　　價❖238元（電子書）

ISBN 978-626-7156-47-6（平裝）
EISBN 978-626-7156-49-0（EPUB）

城邦讀書花園
www.cite.com.tw

國家圖書館出版品預行編目（CIP）資料

我，和阿嘉特／安・凱瑟琳・鮑曼（Anne Cathrine Bomann）著；聞若婷譯. -- 初版. -- 臺北市：馬可孛羅文化出版：英屬蓋曼群島商家庭傳媒股份有限公司城邦分公司發行, 2023.01
面；　公分 --（Echo；MO0077）
譯自：Agathe
ISBN 978-626-7156-47-6（平裝）

881.557　　111019582